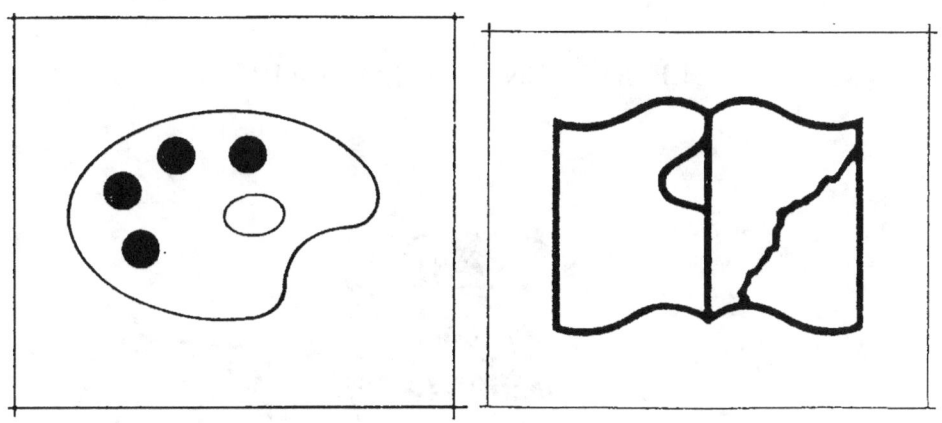

PIERRE DE BOUCHAUD

La
Poétique Française

LE PRÉSENT ET L'AVENIR

PARIS

BIBLIOTHÈQUE INTERNATIONALE D'ÉDITION

E. SANSOT ET Cⁱᵉ, Éditeurs

53, RUE SAINT-ANDRÉ-DES-ARTS, 53

MCMVI

LIBRAIRIE. E. SANSOT & Cie, ÉDITEURS

53, Rue Saint-André-des-Arts, PARIS

EXTRAIT DU CATALOGUE

MAURICE BARRÈS. de l'Académie française
Quelques Cadences. 1 vol. petit in-12 couronne.   1   »

J. ERNEST-CHARLES
Les Samedis littéraires (4e série). 1 vol. in-18 jésus .   3   50

PIERRE DE BOUCHAUD
Étapes Italiennes, 1 vol. petit in-12 couronne . .   1   »

AGRIPPA D'AUBIGNÉ
Œuvres poétiques choisies, annotées et précédées
d'une notice par Ad. van Bever. 1 vol. in-18
jésus 3 50

SENAC DE MEILHAN
Considérations sur l'esprit et les mœurs, avec une
notice par Fernand Caussy. 1 vol in-18 jésus.   3   50

JOACHIM DU BELLAY
La Défense et Illustration de la Langue française,
avec une notice par Léon Séché. 1 vol. in-18
jésus. 3 50

J. PÉLADAN
La Clé de Rabelais. 1 vol. petit in-12 couronne.   1   »

PHILÉAS LEBESGUE
L'Au-delà des Grammaires. 1 vol. in-18 jésus. . .   3   50

Imp. RENAUDIE, 56, rue de Seine.

LA POÉTIQUE FRANÇAISE

DU MÊME AUTEUR :

Châteauroux. — Typ. et Stér. A. MELLOTTÉE.

PIERRE DE BOUCHAUD

La

Poétique Française

LE PRÉSENT ET L'AVENIR

PARIS

BIBLIOTHÈQUE INTERNATIONALE D'ÉDITION

E. SANSOT ET Cᶦᵉ, Éditeurs

53, RUE SAINT-ANDRÉ-DES-ARTS, 53

MCMVI

PREMIÈRE PARTIE

CHAPITRE PREMIER

Voici deux ans bientôt dans une étude intitulée : *Considérations sur quelques écoles poétiques contemporaines* [1], je m'étais efforcé d'insister sur les diverses extensions à donner à la forme traditionnelle du vers, au quadruple point de vue de l'hiatus, des rimes, de leur alternance et de la césure dans l'alexandrin. Il ne s'agissait pas là de nouveauté d'aucune sorte, mais d'un simple élargissement à accorder aux règles strictes de la poétique. Cet élargissement ne modifiait en rien la forme de notre alexandrin ; il permettait seulement de lui donner des rimes nouvelles [2], une souplesse plus accentuée et le moyen de rompre son uniformité, quelquefois par trop monotone, ayons le courage de l'avouer.

1. Champion, éditeur.
2. Je reviendrai sur cette question au cours de cette étude.

1

Je voudrais aujourd'hui poursuivre une étude prosodique qui m'a fait naguère traiter de barbare et d'iconoclaste, alors que nul n'a plus que moi le respect de la forme traditionnelle du vers, et poussant plus avant mes remarques, m'appuyant en entier sur un récent ouvrage de M. Grammont intitulé : *Le Vers français, ses moyens d'expression, son harmonie*, m'occuper de questions rythmiques ainsi que de la phonétique versificatrice.

I

DU RYTHME DANS L'ALEXANDRIN CLASSIQUE

Demandons-nous tout d'abord : qu'est-ce que le rythme ? On peut justement le définir : le retour à intervalles égaux de temps marqués, ou accent rythmique.

Avant l'époque classique l'alexandrin français comprenait deux hémistiches tout à fait distincts, de telle façon qu'une syllabe féminine achevant le dernier mot du premier hémistiche était considérée comme non avenue à cette place aussi bien qu'à la fin du vers. En conséquence la césure était très forte.

Elle s'adoucit beaucoup quand, au XVIᵉ siècle, Jean Lemaire, l'auteur du *Temple d'honneur et de vertus*, eut décidé que l'*e* muet du premier hémistiche n'était plus toléré qu'au moyen de l'élision.

Une des conséquences de l'affaiblissement de la

césure fut de diminuer du même coup l'accent tonique de la sixième syllabe et, partant, de laisser à
tout accent tonique autre que celui de la sixième
syllabe, une force égale ou supérieure à celle de la
finale du premier hémistiche. Les législateurs du
Parnasse, Malherbe et Boileau ne purent empêcher
cette réforme de s'introduire peu à peu dans les
œuvres des plus classiques de nos classiques. Il ar-
riva ainsi que, peu à peu, le vers alexandrin à deux
hémistiches devint un vers à quatre mesures, en
d'autres termes : à quatre éléments rythmiques

« terminés chacun par un accent tonique, le deuxième
» et le quatrième fixes sur la sixième et la douzième
» syllabe, et les deux autres variables dans l'intérieur
» du même hémistiche [1] ».

Les poèmes du commencement du XVIIe siècle en
font foi. Or un pareil type de vers n'est point primitif. On n'y est arrivé que par évolution. Et quand
Becq de Fouquières prétend que le vers classique se
compose uniquement de quatre mesures égales à
trois syllabes, il n'a pas remarqué qu'il ne s'agissait
là que d'un alexandrin idéal, d'un *vers type* (pour
me servir de l'expression de M. Grammont), duquel
on peut rapprocher plus ou moins les vers classiques
qui, eux, n'ont pas tous des intervalles égaux remplis par des syllabes en nombre identique.

Dès lors l'immuabilité de la mesure, en dépit de
la variation syllabique, entraîne le plus ou moins de

1. Grammont.

lenteur ou de rapidité du débit. Plus les syllabes sont nombreuses, plus le débit s'accélère, tandis qu'il se ralentit quand il prononce un petit nombre de syllabes.

Le vers idéal demanderait donc, en principe, une concordance parfaite entre le nombre et la durée des syllabes. Et cependant si l'on associe dans un même hémistiche une mesure lente avec une mesure rapide, le contraste, loin de produire un effet désagréable, donnera au contraire de très heureux résultats.

A cette objection : mais pourquoi se préoccuper de la rapidité ou du ralentissement des mesures? je répondrai : Dans l'intérêt même de l'expression poétique.

Des mesures mono et disyllabiques expriment la lenteur :

> Je suis venu trop tard dans un siècle trop vieux.

Des mesures polysyllabiques marquent la rapidité :

> Le Parnasse où, le soir, las d'un vol immortel
> Se po | se et d'*où s'envole*, | à l'aurore Pégase.
>
> (HUGO)

La première mesure *se po | se*, marque un mouvement lent, un arrêt ; la seconde au contraire peint l'élan rapide.

Or, trop souvent le poète ne se sert que de l'une des deux mesures comme moyen d'expression et néglige l'autre. Il soigne la mesure expressive et ne se préoccupe point de donner à la seconde la rapidité normale : de là une véritable insuffisance expressive.

Dans un vers la mesure de moins de trois syllabes se prononçant plus lentement qu'une mesure polysyllabique, ce ralentissement sert à insister sur un mot qu'on veut faire ressortir in terme essentiel, un vocable résumant une tirade en une idée :

Je regardais d'en haut cette herbe ; en comparant,
Je méprisais l'insecte et je me trouvais *grand*.
(LAMARTINE.)

D'où l'on peut déduire que tout vers ne concordant pas avec ce principe laisse à désirer, si même il n'est mauvais. La mesure devant être placée à tel endroit et non à tel autre puisqu'elle doit servir à l'expression, on conçoit, dès lors, qu'elle desservira cette dernière si elle n'occupe pas l'emplacement adéquat. Certains passages de Musset et de Lamartine sont probants à cet égard, pour n'avoir pas mis en relief, grâce à des mesures plus lentes le mot nécessaire et expressif. Le principal défaut des poètes est en général de tolérer des mesures sans relief pour l'obtention de mesures à relief, mais « ce n'est » pas pour obtenir des mesures sans relief qu'ils » emploient les autres [1] ».

1. Grammont, p. 32.

II

TRANSFORMATION DE L'ALEXANDRIN CLASSIQUE A QUATRE MESURES EN ALEXANDRIN A TYPES NOUVEAUX

L'alexandrin classique à quatre mesures s'est vu peu à peu remplacé par d'autres alexandrins à rythmes nouveaux que je vais rapidement passer en revue.

a) *Le vers romantique.*

Ce vers, inauguré par Hugo, n'a le plus souvent que trois mesures au lieu de quatre. Avec sa mesure en moins, on comprend qu'il est plus rapide d'un quart et d'une durée totale approximativement moindre d'un quart que le vers classique. Mais ce mètre est presque toujours isolé ; il se glisse dans les rangs de l'alexandrin classique, car a dit avec raison M. Becq de Fouquières : « ce qu'il ne faut pas oublier, dans les œuvres des poètes modernes, les trois quarts des vers pour le moins sont assujettis aux rythmes classiques ».

Quand survient un vers d'un autre type, par exemple un trimètre après une série de tétramètres, le rythme général change brusquement, au lieu qu'il n'en est pas de même dans une pièce dont les mètres sont identiques, puisqu'il n'y a pas de solution de continuité dans la généralité du rythme.

Or l'avantage du changement de mètre est précisément d'éveiller l'attention qui se porte, du coup, sur le mètre nouveau et, partant, sur l'idée ou les idées que ce dernier exprime. D'où deux règles :

1) Il faut qu'un tel vers indique une pensée importante.

2) La substitution d'un mètre plus rapide à un autre plus lent rompt la monotonie, toujours à craindre dans le mètre uniforme, et cela qu'il s'agisse d'une pièce tout en trimètres ou d'un poème uniquement composé de tétramètres.

Ce sont ces deux règles dont l'application a produit le vers romantique.

De même qu'une mesure plus rapide dans l'intérieur du vers exprime la vélocité, l'emploi d'un vers plus rapide peut et doit être employé pour représenter un mouvement rapide, au physique comme au moral. De tous les poètes, remarque M. Grammont, Victor Hugo est presque le seul qui en ait fait un usage judicieux, alors que chez les autres poètes il n'est guère employé que par négligence et constitue par cela même, un vers faux :

De moment | en moment | le sort est | moins obscur (tétramètre).
Et l'on sent bien | qu'on est emporté | vers l'azur (trimètre).

L'arrivée du trimètre après le tétramètre marque l'accélération et indique l'accroissement de vitesse, le passage d'une action plus lente à une action plus rapide : le fait d'atteindre l'azur dans un gigantesque essor.

Dans l'exemple. suivant le mouvement est *moral,* imaginaire, tout mental, et se passe dans la seule imagination du poète :

> Je regarde toujours | ce moment | de ma vie (trimètre).
> Où je l'ai vue | ouvrir son aile | et s'envoler (*Id.*)
>   (*Contemplations.*)

On peut aussi par le moyen de mesures lentes, brusquement coupées de mesures rapides, exprimer l'immensité :

> Et d'un bout | de la salle immense | à l'autre bout.
>   (HÉRÉDIA.)

Nous venons de constater que le trimètre. étant plus rapide que le tétramètre indique plus rapidement les idées et les images à exprimer, et cela dans un temps beaucoup plus court. Il groupe plus étroitement les idées et les faits. Dès lors « le trimètre est donc particulièrement propre à contenir une énumération à trois termes qui envisage une question sous toutes ses faces, en épuise les aspects [1] ». L'accélération, unifiant en quelque sorte les trois mesures, crée, par cela même, un tout résumant la pensée : Exemple :

> Il est sans peur | il est sans feinte, | il est sans tache.
>   (Hugo, *La Paternité.*)
> Elle est la terre, | elle est la plaine, | elle est le champ.
>   (*Id., La Terre.*)

J'ai dit plus haut que le trimètre doit présenter

1. Grammont, p. 37.

toujours une idée, l'idée la plus importante, celle qui doit frapper spécialement l'esprit du lecteur ou de l'auditeur. Il doit, en somme, occuper le point culminant de la gradation poétique, mettre pour ainsi dire en relief la démonstration, et définitivement arrêter l'esprit sur la valeur de la conclusion :

> Elle était là debout près du gibet, la mère !
> Et je me dis : | Voilà la douleur ! et je vins.
>
> (*Contemplations.*)

Après s'être mis en quête de tous les malheureux : suppliciés, martyrisés, honnis, bannis, le poète aborde enfin la mère du Christ ; là, il rencontre l'angoisse suprême. Alors changement brusque de mesure et conclusion rapide par l'emploi du trimètre :

> Et je me dis: | Voilà la douleur ! | Et je vins.

Il importe en passant de se demander comment on reconnaît un trimètre, car on peut souvent confondre celui-ci avec un tétramètre.

Le vers romantique de douze syllabes n'a pas d'accent rythmique sur la sixième. « Or, dit M. Grammont[1], pour qu'un vers soit un trimètre, il faut que le mot auquel appartient la sixième syllabe et celui auquel appartient la septième soient très étroitement unis par le sens. » Toutes les fois que la sixième syllabe a un accent rythmique, le vers qui la contient ne peut être un trimètre, la coupe placée après la sixième syllabe l'en empêchant.

---

1. *Idem.*, p. 42.

Maís pourquoi cette coupe ainsi placée ? Par l'application de ce faux précepte de Boileau :

> Que toujours dans vos vers le sens, coupant les mots,
> Suspende l'hémistiche, en marque le repos.

Jadis la coupe de l'hémistiche était, on s'en souvient, extrêmement accusée. Elle en vint à s'affaiblir continuellement. Guyau dans *ses Problèmes de l'esthétique contemporaine* contestait que la césure marquât un repos, une suspension de la voix « car, disait-il, si la voix insiste à cet endroit, elle peut fort bien ne pas se suspendre, et le doit même dans la plupart des cas ».

Dans le vers d'Hugo :

> Des dieux d'airain, posant leurs mains sur leurs genoux,

on ne trouve ni suspension ni repos entre *posant* et *leurs mains*. Il n'y en a pas davantage dans le vers de Racine :

> Oui, je viens dans son temple adorer l'Eternel.

Il y a simplement passage d'une mesure à une autre mesure, d'une syllabe portant à la fin l'accent tonique et l'accent rythmique à une syllabe dépourvue de l'un et l'autre accent.

La coupe est donc, en dernière analyse, le passage d'une mesure à une autre mesure. Que devient dès lors la division de l'hémistiche ?

On conçoit qu'il peut y avoir une division à n'importe quel endroit du vers. Le vers peut contenir autant de coupes que d'accents rythmiques « le dernier accent rythmique d'un vers étant suivi d'une coupe qui sépare ce vers du suivant, ou plutôt sa dernière mesure de la première du suivant [1] ». La coupe n'a nullement besoin d'être marquée par un léger repos si le sens ne l'exige pas. Hugo, tout en s'insurgeant violemment contre les audacieux composant les vers sans accent tonique sur la sixième syllabe, est, de par les désarticulations auxquelles il a soumis le mètre de douze pieds, le principal auteur de la capitale différence séparant l'alexandrin classique de l'alexandrin romantique.

b) *Prétendus trimètres Raciniens.*

On a cru longtemps, grâce à M. Becq de Fouquières qui en a donné de nombreux exemples, que Racine a composé des trimètres, bien que ce ne fût nullement son intention, puisque ce poète — considéré d'ailleurs, à l'époque, comme un novateur dangereux par Corneille et son école [2] — coupait toujours ses vers après la sixième syllabe. C'est pour cela que les vers raciniens ont immuablement un arrêt marqué après cette syllabe, toujours revêtue elle-même de l'accent rythmique. Si parfois cet accent cède, on peut être sûr que c'est à l'encontre de la volonté de Racine qui n'a jamais voulu supprimer

1. Grammont, p. 45.
2. Voyez la *Grande Mademoiselle*, 2ᵉ partie, par Arvède Barine.

l'accent rythmique de la sixième syllabe, mais simplement en affaiblir l'accent tonique : ce qui est fort différent.

Les vers de Racine, que l'usage a qualifiés de trimètres, ont été dénommés ainsi parce qu'ils présentent souvent une expression importante, un mot en relief, placé dans une mesure lente, puis suivant un mot insignifiant portant un accent tonique moins accentué que le sien, et par conséquent marquant une gradation : Exemple :

Roi sans gloi | re, j'irai | *vieillir* | dans ma famille

dit à Arcas Agamemnon qui fait porter tout le poids de son dédain sur le terme *vieillir*.

Mais qui ne voit que ce prétendu trimètre n'est pas autre chose qu'un vers composé de façon « à mettre particulièrement en relief les mots contenus dans la mesure qui suit la coupe de l'hémistiche » et que ce vers, qui n'a de trimètre qu'une fausse apparence est et reste, malgré tout, un alexandrin classique [1].

1. Grammont, p. 57.

Dans la scansion du vers :

Roi sans gloi | re, j'irais | vieillir | dans ma famille |

si l'on s'étonnait de voir la syllabe *re* ne pas compter dans la première mesure du vers, je dirai pour ne pas y revenir, que dans les vers français une mesure se termine toujours avec une syllabe tonique (la syllabe *gloi*, ici, termine la première mesure) — et que la syllabe muette achevant les mots (ici, c'est *re*) fait partie de la mesure suivante : principe à ne pas oublier.

c) *Mauvais emploi de trimètres.*

Victor Hugo, sous prétexte de disloquer le « grand niais d'alexandrin et de faire basculer la balance hémistiche », emploie parfois de faux trimètres, non pas quand il compose des vers sans accent tonique sur la sixième syllabe, c'est-à-dire en supprimant la césure après cette syllabe, mais quand il ne se préoccupe point de rythmer nettement les douze syllabes du vers. Exemple :

Oui ! Mon père, ne m'eût point pardonné. Je croi...

Dans les vers suivants le rythme est, au contraire, d'une netteté absolue parce que chacune des douze syllabes se détache précisément les unes des autres :

Sur les murailles, sur les arbres, sur les toits.
Leconte de Lisle.

Et de même, quoique puissent dire les détracteurs, ce vers de Rostand est un trimètre très net, à cause du détachement de chaque syllabe :

Mais je marche.....
Empanaché | d'indépendance | et de franchise.
(*Cyrano de Bergerac.*)

Voici, maintenant un tétramètre tiré des *Phéniciennes*, l'admirable pièce de M. Rivollet qui vient d'être jouée à la Comédie-Française.

L'emploi de ce vers à césure ternaire, loin d'être

de la prose à douze pieds, comme on l'a prétendu, marque l'apparat de l'arrivée des Phéniciennes à Thèbes, en ambassade extraordinaire.

> J'ai vu venir ces étrangères
> Par la rou | te encor li | bre d'Aulis | ... C'est à vous
> Qu'elles veulent parler.

Ce mètre marque la gravité et la dignité du cortège parvenant dans la ville. Je me demande pourquoi on l'a critiqué. Quoique non parnassien il a parfaitement sa raison d'être, et la césure ternaire, clairement accusée, insiste, avec ses battements quadruples,. sur le chemin suivi par les étrangères et sur les Vieillards Thébains auxquels les Phéniciennes désirent parler.

Car — qu'on ne s'y trompe pas — il y a dans l'emploi d'un tel vers autre chose qu'une entorse à la prosodie classique, comme le prétendent les simplistes...

L'oreille, ici, n'est nullement choquée et, je me range, entièrement pour ma part, à l'opinion de l'excellent poète Rivollet, m'écrivant : « L'oreille ne doit-elle point être, en pareille matière, le meilleur guide et le plus sûr conseiller! » Oui, cent fois, oui!

d) Alexandrins à quatre mesures romantiques et alexandrins à trois mesures non romantiques.

J'ai défini romantique le vers sans accent rythmique sur la sixième syllabe. Or il y a des tétramètres romantiques et des trimètres non romantiques.

1) Tétramètres romantiques. Exemple :

Des rochers nus, | des bois affreux, | l'ennui, | l'espace
V. Hugo.

Ce procédé prosodique met en évidence les deux mesures voisines comprenant une somme de syllabes inférieures à six. L'origine de ce vers, aussi bien que celle des autres vers romantiques, provient de la période classique, comme on peut s'en rendre compte par ce vers de Racine :

Tout a fui, | tous se sont | séparés | sans retour.

2) Trimètres non romantiques.

Ce trimètre est un vers de douze syllabes ayant l'accent rythmique sur la sixième. Par ce côté il confine à l'alexandrin classique, mais ne comprend cependant que trois mesures, « c'est-à-dire que l'une de ses mesures est constituée par un hémistiche tout entier [1] ».

Dès lors cet hémistiche se rapproche de la prose, du langage ordinaire et le vers en acquiert plus de rapidité et de légèreté. On s'en sert pour un badinage élégant, une fine plaisanterie, pour l'emploi d'un ton de comédie. Ce mode remonte au XVIIe siècle comme les autres, mais c'est surtout chez Musset « qui avait un sens merveilleux du rythme [2] », qu'on en trouve les exemples les plus parfaits, entre autres la pièce à Ninon [3].

1. Grammont, p. 65.
2. Grammont, p. 65. Malgré le sot avis contraire des Parnassiens !
3. « Quiconque a le sens des nuances de la langue et de la

Si je vous le disais | pourtant | que je vous aime,
Qui sait, | brune aux yeux bleus | ce que vous en diriez ?
... Peut-ê | tre cependant | que vous m'en puniriez.
... Ninon, | vous êtes fine | et votre insouciance
Se plaît, | comme une fée | à deviner d'avance ;
Vous me répondriez | peut-ê | tre : Je le sais.

Il est aisé de constater que les scansions sus-indi-
quées s'adaptent parfaitement aux pensées de ces
vers et à leur mouvement : étant donné surtout
qu'un même groupe de mots ne comporte pas nécessairement toujours un rythme identique, puisqu'ils
ont des rôles divers à jouer dans une phrase, dans
un vers et qu'ils dépendent aussi du ton de la pièce,
de l'importance des termes antécédents ou subsé-
quents.

III

PENTAMÈTRES. HEXAMÈTRES

Nous avons vu que le trimètre réunit et resserre
synthétiquement les idées. Le pentamètre et l'hexamètre au contraire les distendent et les analysent.
Le trimètre, on le sait, est plus court que le tétramètre. Les vers dont il s'agit ici ont plus de longueur et de lenteur.

Les pentamètres comprennent cinq et les hexa-

» poésie française s'en rendra parfaitement compte. » Grammont,
p. 66.

mètres six mesures. Le trimètre présente rapidement les images et les idées et correspond à un
mouvement hâtif :

Et l'on sent bien | qu'on est emporté | vers l'azur...

Le pentamètre et l'hexamètre offrent une succession d'images ou de pensées beaucoup plus lente et
permettent, en conséquence, d'examiner plus tran-
quillement les formules et de s'arrêter plus attenti-
vement aux détails individuels.

Les classiques composaient des pentamètres. On
en trouve dans Corneille :

L'heu | re, le lieu, | le bras | se choisit | aujourd'hui.
(*Cinna.*)

' De même dans La Fontaine :

Le lait tombe ; | adieu veau, | va | che, cochon, | couv'e.

Et dans Racine :

Je n'y vais que pour vous, barbare que vous êtes,
Pour vous | à qui | des Grecs | moi seul | je ne dois rien.

Mais les modernes ont surtout fait emploi de ce
mètre. Hugo en compose presque dans chaque pièce.

Le faune, haletant parmi ces grandes dames,
Cornu, | boiteux, | difforme, | alla droit | à Vénus.
(*Le Satyre.*)

Les hexamètres sont plus rarement employés, non
seulement par les classiques mais aussi par les modernes, peut-être à cause de la difficulté de réunir
six mesures de deux syllabes chacune, comme dans
ce vers des *Châtiments*.

Fuyards, | blessés, | mourants, | caissons, | brancards, | civières.

ou simplement de former douze syllabes divisibles en six mesures, exemple ce vers de Racine :

Roi, | prêt | res, peuple, | allons, | pleins | de reconnaissance...

ou ce vers de Boileau :

                    La fille qui m'enchante,
No | ble, sa | ge, modeste, | humble, | honnê | te, touchante.

ou celui de Hugo :

Qui rit | baille, | applaudit, | tempê | te, sif | fle, hue.

De toutes les explications précédentes il résulte le principe suivant :

Tout poème à fond de tétramètres, mais renfermant plusieurs trimètres et mélangé parfois de pentamètres ou d'hexamètres, est un poème en *vers libres*.

CHAPITRE DEUXIÈME

POÈMES EN VERS LIBRES

Ils sont de deux sortes :

1) En vers d'une même longueur avec rimes plates ou croisées.

2) En vers de mètres différents.

Les premiers sont des pièces à rimes libres, c'est-à-dire qu'elles peuvent se composer, par exemple, de vers de douze syllabes à rimes plates ou être construites en strophes semblables dont l'architecture prosodique se répète pendant toute la durée du poème.

Les secondes sont des pièces de mouvements divers caractérisés par l'assemblage de vers de mesures différentes. Dans ces poèmes l'effet produit repose sur la succession de l'emploi *raisonné* — et non pas irréfléchi — de mètres variés.

I

J'ai examiné dans le chapitre premier de cette étude des vers d'une certaine vitesse précédant ou

suivant des vers plus rapides ou plus lents, ou des
vers comprenant un certain nombre de mesures placés auprès d'autres ayant, au contraire, des mesures
en nombre supérieur ou inférieur.

Le même examen s'impose à propos des vers de
mètres différents. Ainsi « quel sera l'effet produit
» par le changement de mètres sans changement de
» vitesse : tel est le cas du vers de six syllabes ve-
» nant après le vers de douze, comme dans le *Lac*
» de Lamartine ; et le changement de mètre accom-
» pagné d'un changement de vitesse comme lors-
» qu'un vers de huit syllabes vient après un vers de
» douze [1] » ?

Et puisque nous allons nous occuper de mètres
divers et souvent de petits vers, il importe de réagir
contre le préjugé voulant que les petits vers soient
plus légers et plus alertes que les grands. Cela n'est
pas toujours exact. La légèreté ou la vivacité d'un
vers ne dépend pas de son plus ou moins de longueur, mais de son plus ou moins de rapidité. Il n'y
a pas à chercher si un vers est plus long ou plus
court qu'un autre, s'il comporte plus ou moins de
syllabes, mais bien s'il a plus de lenteur ou de rapidité et, dès lors, quels effets cette rapidité ou cette
lenteur, plus ou moins considérable, peut produire,
quelles idées différentes elle est susceptible de traduire. « Le vers de trois syllabes, par exemple, a
» exactement la même vitesse que le vers classique

. 1. Grammont, p. 74.

» de douze ; il n'est ni plus léger ni plus vif. Le mo-
» nomètre de quatre syllabes a la même vitesse que
» le tétramètre de seize. La vitesse ne dépend pas
» du nombre des syllabes, mais du *rapport qui existe*
» *entre ce nombre et celui des mesures.* Les plus lents
» des vers français sont le dimètre de quatre syllabes,
» vers extrêmement rare, et l'hexamètre de douze,
» qui ont exactement, la même vitesse. Puis vient
» le trimètre de sept syllabes, vers très rare égale-
» ment, qui est un peu moins lent. En troisième ligne,
» le dimètre de cinq syllabes, vers rare et le penta-
» mètre de douze, dont la vitesse est à peine plus con-
» sidérable que celle du vers précédemment cité. »

II

LA FONTAINE

De tous les poètes français, La Fontaine est celui
qui s'est illustré tout particulièrement dans le vers
libre. Alfred de Musset ne s'y est malheureusement
pas assez exercé, et c'est grand dommage, étant
donné son génie à cet égard.

Il est possible en étudiant le vers libre de poser
les règles suivantes :

a) Un vers plus rapide succédant à un vers plus
lent exprime l'idée de vélocité.

Le roi dit: « Idiot !
Moi ton libérateur ! Je ne suis pas si sot. »
Puis il s'en va vers sa retraite.
(LA FONTAINE, VIII, 22)

Le petit vers marque ici la rapidité, la hâte, avec ces multiples monosyllabes.

La rapidité peut du reste se passer uniquement dans l'esprit du poète. Par exemple, dans cette interrogation hâtive et insistante :

> Pâle étoile du soir, messagère lointaine...
> Que regardes-tu dans la plaine ?
>
> (MUSSET, *Le Saule*.)

b) Parfois le petit vers mis en relief sert à conclure le discours, à résumer la description, à contenir l'idée essentielle de la strophe.

Exemple :

> Aucun traité
> Peut-il forcer un chat à la reconnaissance ?
> S'amuse-t-on sur l'alliance
> Qu'a faite la nécessité ?
>
> (LA FONTAINE, VIII, 23.)

Les deux petits vers de huit pieds contiennent l'idée essentielle et la mettent en valeur de par le changement même de mètre. C'est pourquoi les petits vers, dans une strophe ou un poème, éveillant toujours l'attention, ne doivent pas être, à cause de cela, employés sans discernement, mais se justifier, au contraire, par le sens. Ainsi :

> Voilà mes chiens à boire : ils perdirent l'haleine
> *Et puis la vie* ; ils firent tant
> Qu'on les vit crever à l'instant.
>
> (*Id.*, VIII, 25.)

L'idée essentielle est ici la mort des chiens voulant boire toute l'eau du ruisseau où flottait l'âne mort dont ils prétendaient dévorer la dépouille

c) Lorsqu'une idée a été énoncée dans un grand vers, on développera les détails de la pensée principale à l'aide de petits vers ; on insistera sur les points secondaires et on amplifiera de cette façon le récit :

> Le récit précédent suffit
> Pour montrer que le peuple est juge récusable.
> En quel sens est donc véritable
> Ce que j'ai lu dans certain lieu
> Que sa voix est la voix de Dieu ?
>
> (*Id.*, VIII, 26.)

d) Emploi des mètres courts :

« Les mètres courts, les monomètres surtout, re-
» çoivent de la rime un relief particulier ; c'est elle
» qui les détache des vers plus grands qui les entou-
» rent ; c'est elle qui les met en évidence et, avec une
» soudaineté inattendue, les jette sous nos yeux au
» premier plan du tableau, où ils s'imposent à notre
» attention [1]. » Exemples :

> Quand la perdrix
> Voit ses petits
> En danger et n'ayant qu'une plume nouvelle.
>
> (*Id.*, X. 1.)

Deux chèvres ne voulant pas se céder l'une à l'autre s'engagent en sens contraire à la fois sur une passerelle des plus étroites. Jugez-en :

1. Becq de Fouquières.

Deux belettes à peine auraient passé de front
Sur ce pont.

(*Id.*, XIII, 4)

Le coq répond au renard lui proposant assistance,
aide et alliance :

Je ne pourrais jamais
Apprendre une plus douce et meilleure nouvelle
Que celle
De cette paix.

Le vers de deux syllabes insiste sur l'annonce de
l'armistice entre renards et gallinacés.

Dans le vers suivant le monosyllabe sert à insister sur le gouvernement des grenouilles. Une d'elles
veut attirer un rat chez elle afin de le régaler. Pour
le convraincre elle allègue cent raisons, entre autres
qu'

Un jour il conterait à ses petits enfants
Les beautés de ces lieux, les mœurs des habitants
Et le gouvernement de la chose publique.
Aqualique.

Le petit vers met puissamment en relief l'état des
grenouilles sur lequel il attire l'attention.

e) Succédant à un petit vers un grand vers ralentit, en général, et change le récit, et partout « pro-
» duit un écartement analytique des idées qui permet
» d'en considérer un à un les détails [1] ». Dès lors
l'effet produit est l'opposé de celui provenant de
l'enploi d'un petit vers après un grand.

1. Grammont, p 97.

On l'emploie pour exprimer une idée grave, noble ou grandiose :

> Le Monarque prudent et sage
> De ses moindres sujets sait tirer quelqu'usage
> Et connaît les divers talents.
> Il n'est rien d'inutile aux personnes de sens.
>
> (LA FONTAINE, V, 20.)

Pour peindre l'admiration ou l'étonnement :

> C'est de vous que mes vers attendent tout leur prix :
> Il n'est beauté dans nos écrits
> Dont vous ne connaissiez jusques aux moindres traces.
>
> (*Id.*, A Madame de Montespan, VI.)

f) Au point de vue rythmique tout grand vers suivant un vers court, met l'idée en relief d'une façon identique à la venue d'un vers court après un grand vers :

> Le lion tint conseil et dit : « Mes chers amis,
> » Je crois que le ciel a permis
> » Pour nos péchés cette infortune.
> » Que le plus coupable de nous...

Fasse quoi ? se livre à quel acte pour nous sauver ? — Alors changement de mètre et ceci :

> « Se sacrifie aux traits du céleste courroux. »

Et c'est ainsi que le fléau de la peste cessera de fondre sur les animaux.

g) Parfois une idée ayant été énoncée dans un petit vers, on emploiera l'extension analytique du grand vers pour insister sur les détails :

> Certaine fille un peu trop fière
> Prétendait trouver un mari,

2

Mais un mari comment ? Alors changement de rythme pour expliquer les qualités que doit avoir ce jeune homme :

Jeune, bien fait et beau, d'agréable manière
Point froid et point jaloux : Notez ces deux points-ci.
(LA FONTAINE, VII, 5.)

Il faut remarquer ici que l'effet est identique à celui obtenu « par la continuation en petits vers d'un » développement annoncé dans un grand[1] ».

III

IAMBES

Et nous arrivons dès lors à cette remarque : De par son changement de rythme et de mètre à chaque vers, la pièce dite en *iambes,* c'est-à-dire composée de grands vers alternant avec des petits, a une grande intensité de force, car tout est mis en relief dans le passage du grand vers au petit vers :

C'est que la liberté n'est pas une comtesse
   Du noble faubourg Saint-Germain,
Une femme qu'un cri fait tomber en faiblesse,
   Qui met du blanc et du carmin.
C'est une forte femme aux puissantes mamelles,
   A la voix rauque, aux durs appas.
Qui, du brun sur la peau, du feu dans les prunelles,
   Agile et marchant à grands pas,

1. Grammont, p. 102.

Se plaît aux cris du peuple, aux sanglantes mêlées,
  Aux longs roulements des tambours,
A l'odeur de la poudre, aux lointaines volées
  Des cloches et des canons sourds.
(BARBIER, La Curée.)

Et Chénier :

Nul ne resterait donc pour attendrir l'histoire
  Sur tant de justes massacrés !
Pour consoler leurs fils, leurs veuves, leur mémoire !
  Pour que des brigands abhorrés
Frémissent aux portraits noirs de leur ressemblance !
  Pour descendre jusqu'aux enfers
Nouer le triple fouet, le fouet de la vengeance
  Déjà levé sur ces pervers !
Pour cracher sur leurs noms, pour chanter leur supplice !
  Allons, étouffe tes clameurs ;
Souffre, ô cœur gros de haine, affamé de justice.
  Toi, vertu, pleure si je meurs.
(Saint-Lazare.)

Le même mouvement rythmique et les mêmes
rapports de vélocité peuvent s'obtenir si l'on fait al-
terner le vers de six syllabes avec le vers de quatre.
Seulement l'ampleur ici sera remplacée par une
allure sautillante et saccadée, témoin ces vers de
T. Gautier dans le *Sultan Mahmoud* :

  Ni la Vierge de Grèce,
    Marbre vivant ;
  Ni la fauve négresse,
    Toujours rêvant ;
  Ni la vive Française,
    A l'air vainqueur ;
  Ni la plaintive Anglaise
    N'ont pris mon cœur.

En somme on peut émettre en principe qu'*il faut
conserver le même mètre quand toutes les parties d'un
développement ou d'une énumération ont la même valeur :*

Le renard sera bien habile
S'il ne m'en laisse assez pour avoir un cochon.
Le porc à s'engraisser coûtera peu de son ;
Il était, quand je l'eus, de grosseur raisonnable :
J'aurai, le revendant, de l'argent bel et bon.
Et qui m'empêchera de mettre en noble étable, etc.

(La Fontaine, VII, 10.)

Pas de changement d'idée, pas de changement de
mètre.

IV

LAMARTINE ET LE VERS LIBRE

Lamartine détesta toujours La Fontaine dont il
trouvait les vers « boiteux, disloqués, inégaux, sans
symétrie ni dans l'oreille, ni dans la page [1] ». Il
n'aima pas davantage Musset qu'il considérait comme
un enfant. Très absolu dans ses jugements et ses
idées, l'auteur de *Jocelyn,* avec sa facilité parfois
trop grande, ne s'appliqua jamais à entrer dans l'esprit et les pensées des autres, surtout quand ils dif-
féraient de son propre avis.

Lamartine n'a jamais employé le vers libre avec

1. Grammont, p. 105.

charme. Car il a fait des vers libres ou plutôt il a composé des stances libres « en ce sens que les ri-
» mes n'enjambent pas, comme chez La Fontaine,
» d'une période sur l'autre ; mais comme il n'y a pas
» deux de ces stances qui soient semblablement
» construites, les changements de mètres sont aban-
» donnés absolument au caprice du poète, et c'est
» là par excellence ce qui constitue le vers libre [1] ».
Prenons par exemple cette épître :

1re strophe.

Du poète de Stényclare
Si notre âge assoupi retrouvait les accords,
J'irais, je chanterais sur le luth de Pindare
Ou l'hymne du triomphe ou la gloire des morts...

Pourquoi débuter par ce vers rapide ? Il ne s'agit pas ici de présenter un personnage. Les deux premiers vers se rapportent à la même idée : celle du poète, de Pindare. Ils devraient avoir le même mètre, et ce mètre ne devrait pas être celui de 8 syllabes, parce que l'idée exprimée ne comporte en rien la vivacité.

2e strophe.

Qu'il est beau de voler dans la noble carrière
Sur la trace de nos soldats !
De suspendre sa lyre au bronze des combats,
Et, dans des tourbillons de flamme et de poussière,
D'exciter leur vertu guerrière
Ou de chanter la gloire en face du trépas.

1. Grammont p. 125.

Le poète changeant ici d'idée aurait dû changer
de mètre. Le second vers est judicieusement employé, car il s'agit d'exprimer la marche rapide des
soldats. Mais quand nous arrivons aux troisième et
quatrième vers, le changement de mètre, surtout
pour le quatrième, n'est pas heureux ; puisqu'il s'a-
git de marquer encore la violence des mêlées. Alors
il aurait fallu ou employer le mètre rapide de huit
pieds ou conserver le même développement.

Quand on arrive au vers :

> D'exciter leur vertu guerrière.

La même remarque s'impose. Il n'y a pas changement d'idée, donc pas n'était besoin de changer de
mètre. Il aurait fallu au contraire employer le vers
de douze pieds pour exprimer la grandiloquence de
l'idée, et se servir de celui de huit pieds, aux
deuxième, troisième et quatrième vers, comme expression de la mêlée dans les combats.

3ᵉ strophe.

> La Muse aime à planer sur les champs de carnage,
> A fouler sous ses pieds des lambeaux d'étendards,
> Les membres des héros sur la poussière épars,
> Et les tronçons brisés des glaives que leur rage
> Semble encor défier de ses derniers regards.

Le vers de douze syllabes est judicieusement employé dans cette strophe, puisqu'on émet ici une
maxime générale.

4ᵉ strophe.

Quel accompagnement sublime,
Pour les chants inspirés du barde audacieux,
Que le bruit du canon roulant de cime en cime,
Ou le cri du coursier que la trompette anime,
Ou le fracas du pont qui gronde et qui s'abime,
Sous la bombe tombant des cieux !

Le premier vers de huit pieds a beaucoup trop de vivacité pour s'appliquer à la gloire et marquer l'accompagnement grave du canon, servant de sourdine à la victoire.

Le dernier vers au contraire est tout à fait à sa place puisqu'il marque l'action rapide de la bombe qui tombe du ciel en pluie de feu.

5ᵉ strophe.

Fier alors du péril, le poète partage
La sainte gloire du guerrier,
Et cueille transporté de joie et de courage
Quelques rameaux sanglants de son même laurier.

Ici le poète revient avec raison au mètre de douze pieds, puisqu'il change d'idée. Mais pourquoi, au second vers, l'emploi du mètre de huit pieds? Il ne se justifie en rien puisque ce vers ne fait que continuer cette pensée, qui est : de partager avec le guerrier la même gloire ; conformément au principe déjà énoncé plus haut : pas de changement d'idée, pas de changement de mètre.

6ᵉ strophe.

Mais mon génie obscur est loin de tant d'audace ;
Fuyant la scène des combats,
J'aime mieux, sur les pas de Virgile et d'Horace,
Égarer mollement mes pas.

Le second vers est à sa place, car il s'agit d'exprimer ici la vélocité et la fuite loin des lieux du combat. Le quatrième vers par contre n'a pas sa raison d'être, étant donné que le poète n'a pas à se hâter vers quelque Tibur, mais veut atteindre, quand il le pourra, un si doux asile et s'y laisser vivre. Il faudrait ici le mètre de douze pieds.

Je laisse de côté les deux dernières strophes du poème ; aussi bien j'en ai dit assez pour montrer que si Lamartine dans ce morceau, a fait parfois un heureux usage de ses mètres, il s'est fourvoyé néanmoins souvent en les employant. Pourquoi ? Parce que la délicate instrumentation du vers libre échappait à son génie. Comment dès lors aurait-il pu apprécier et comprendre celui de La Fontaine dont la versification, le style, la conduite de l'action, la conception des caractères concordent toujours à l'effet d'ensemble.

V

POÈMES A STROPHES LIBRES

Les pièces en vers libres étudiées, voyons maintenant les strophes libres. On peut dénommer ainsi

celles qui ne sont pas composées de vers tous semblables entre eux. Dans les pièces en vers libres, le
vers varie fréquemment et irrégulièrement ; dans les
pièces à strophes libres, la strophe change de structure fréquemment et d'une manière plus ou moins
irrégulière.

Une pièce en strophes libres peut se composer de
strophes entièrement différentes les unes des autres,
de même que dans une pièce en vers libres le mètre
peut changer chaque fois.

M. Grammont cite à ce propos, comme un modèle
contenant des vers parfaitement adéquats à la pensée, aux descriptions et au développement harmoni-
que, cette pièce de Musset : *Souvenir des Alpes*. Je la
transcris ici. Les explications données plus haut
commenteront d'une manière suffisante ce poème
dans lequel le poète et la Nature sont en jeu tour à
tour :

> Fatigué, brisé par l'ennui,
> Marchait le voyageur dans la plaine altérée,
> Et du sable brûlant la poussière dorée
> Voltigeait devant lui.

> Devant la pauvre hôtellerie
> Sous un vieux pont, dans un site écarté,
> Un flot de cristal argenté
> Caressait la rive fleurie.

> Deux oisillons dans un pin d'Italie
> En sautillant s'envoyaient tour à tour
> Leur chansonnette ailée où la mélancolie
> Jasait avec l'amour.

Pendant qu'une mule rétive
Piétinait sous le pampre où rit le dieu joufflu,
Sans toucher aux fleurs de la rive,
Le voyageur monta sur le pont vermoulu.

Là, le cœur plein d'un triste et doux mystère,
Il s'arrêta silencieux,
Le front incliné vers la terre ;
L'ardent soleil séchait les larmes de ses yeux.

Aveugle, inconstante, o fortune !
Supplice enivrant des amours !
Ote-moi, mémoire importune,
Ote-moi ces yeux que je vois toujours !

Pourquoi dans leur beauté suprême,
Pourquoi les ai-je vus briller ?
Tu ne veux plus que je les aime
Toi qui me défends d'oublier !

Comme après la douleur, comme après la tempête,
L'homme supplie encore et regarde le ciel,
Le voyageur levant la tête,
Vit les Alpes debout dans leur calme éternel.

Et devant lui le sommet du mont Rose,
Où la neige et l'azur se disputaient gaîment.
Si parmi nous tu descends un moment,
C'est là, blanche Diane, où ton beau pied se pose.

Les chasseurs de chamois en savent quelque chose,
Lorsque sans peur, mais non pas sans danger,
A travers la prairie au matin fraîche éclose,
On les voit, l'arme au poing, dans ces pics s'engager.

Pendant que le soleil, paisible et fort à l'aise,
Brûle, sans la dorer, la cité milanaise,
Et dans cet horizon, plein de grâce et d'ennui,
S'endort de lassitude à force d'avoir lui.

La montagne se montre : — à vos pieds est l'abîme ;
L'avalanche au-dessus. — Ne vous effrayez pas :
Prenez garde au mulet qui peut faire un faux pas ;
L'œil perçant du chamois, suspendu sur la cime,
Vous voyant trébucher, s'en moquerait tout bas.

Un ravin tortueux conduit à la montagne.
Le voyageur pensif prit ce sentier perdu ;
Puis il se retourna ; — la plaine et la campagne,
    Tout avait disparu.

Le spectre du glacier, dans sa pourpre pâlie,
    Derrière lui s'était dressé ;
Les chansons et les pleurs de la belle Italie
    Devenaient déjà le passé.

Un aigle noir planant sur la sombre verdure
Et regardant au loin, tout chargé de souci,
Semblait dire au désert : Quelle est la créature
    Qui vient ici ?

    Byron dans sa tristesse altière,
  Disait un jour, passant par ce pays :
« Quand je vois aux sapins cet air de cimetière,
    Cela ressemble à mes amis. »

  Ils sont pourtant beaux ces pins foudroyés,
    Byron, dans ce désert immense ;
  Quand leurs rameaux morts craquaient sous tes piés
    Ton cœur entendait leur silence.

Peut-être en savent-ils autant et plus que nous,
Ces vieux êtres muets attachés à la terre,
Qui, sur le sein fécond de la commune mère,
Dorment dans un repos si superbe et si doux.

Dans une autre pièce : *Le Rideau de ma voisine*,
Musset a employé le vers de sept pieds qui exprime,
par son rythme boiteux et sautillant, les idées de dépit :

    Le rideau de ma voisine
    Se soulève lentement.

Elle va, je l'imagine
   Prendre l'air un moment.

On entr'ouvre la fenêtre :
Je sens mon cœur palpiter.
Elle veut savoir peut-être   -
   Si je suis à guetter.

Mais hélas ! ce n'est qu'un rêve :
Ma voisine aime un lourdaud
Et c'est le vent qui soulève
   Le coin de son rideau.

Le vers de sept pieds exprime aussi l'imprécation comme dans la *Nuit d'octobre* où nous trouvons encore ce mètre [1]. Son allure saccadée, ses coupes en $4 + 3$, $3 + 4$, $5 + 2$ ou $2 + 5$, est le type accompli de la boiterie [2]. Il exprime alors un sentiment vif, quoique sans espoir (*Le Rideau de ma voisine*) ou un éclat de haine et de colère contre l'infidèle :

Honte à toi qui la première
M'as appris la trahison,
Et d'horreur et de colère
M'as fait perdre la raison.

Honte à toi, femme à l'œil sombre,
Dont les funestes amours
Ont enseveli dans l'ombre
Mon printemps et mes beaux jours...
               (*La Nuit d'octobre* [3].)

1. Musset n'a usé que dans ces deux pièces du vers de sept pieds.
2. Grammont, p. 145.
3. Les lecteurs désireux de poursuivre l'étude des poèmes à strophes libres pourront consulter le *Lac* de Lamartine où il y a deux types de strophes ; et parmi nombre de pièces de Hugo : les *Djinn* (*Orientales*) ; *L'Ode à la colonne* ; *La prière pour tous* ; *Napoléon II*.

DEUXIÈME PARTIE

L'EXPRESSION POÉTIQUE PAR LES SONS

CHAPITRE PREMIER

Les voyelles équivalent toutes à des sons qui servent à former les idées. Celles-ci s'associent toujours à des images de coloris (idées sombres) ; d'acoustique (idées graves ou légères) ; d'odorat ; de goût (pensées douces, amères, insipides) ; de sécheresse, de dureté, de mollesse (idées larges, étroites, tendres, noires, légères). S'exprimer ainsi ce n'est pas autre chose qu'exprimer visuellement une impression intellectuelle. Pourquoi dès lors une idée grave ne serait-elle pas traduisible par les sons graves, une idée douce par un son doux, ou la réunion raisonnée de mots contenant à la fois des sons doux, des sons graves et bien d'autres encore ?

Ce n'est pas qu'il y ait de règles à cet égard. Mais on peut dire que tout poète, au moment où il se sent inspiré, s'occupera d'instinct des mots à employer, rejettera ceux qu'il ne trouve pas adéquats, et utili-

3

sera, au contraire, les vocables les plus propres à traduire ses sentiments. « Ils (les poètes) ne calculent » pas les effets, mais ils les sentent et ne sont satis- » faits que lorsqu'ils ont trouvé l'expression adéquate » à l'idée [1]. » — « C'est affaire au vrai poète, disait » Clair Tisseur, de sentir la chose d'instinct, sauf à » la passer à l'alambic, une fois faite. » Et Musset : « Il n'y a pas de si belle pensée devant laquelle un » poète ne recule si la mélodie ne s'y trouve pas, » qu'il s'agisse également de facture et d'expression.

Si donc il n'y a pas de règle au point de vue esthé- tique, on peut néanmoins déduire de l'examen de certaines pièces que les voyelles ou les consonnes correspondent (même sans que les poètes y aient pris garde, leur instinct les ayant à cet égard infailli- blement guidés), à des combinaisons de sons et à des traductions phonétiques véritables. Dès lors : de par l'étude des poèmes publiés jusqu'ici, car il ne s'a- git que du passé et du présent — comment prévoir l'avenir ? — on peut attirer l'attention du poète sur trois points :

I. La répétition des vocables.
II. L'emploi des voyelles.
III. L'emploi des consonnes.

I

RÉPÉTITION DES VOCABLES

C'est le cas où, la nature de ces vocables n'ayant

1. Grammont, p. 391.

aucune importance, ils ne jouent un rôle que par leur répétition.

Exemple : *coucou* (répétition d'une syllabe); *monotone* (répétition d'une voyelle).

Il ne suffit pas que le rythme s'essaie à peindre à à lui seul un mouvement. Ou du moins, s'il est seul à produire cet effet, il sera insuffisant. Mais s'il est au contraire aidé de la disposition des mots répartis de telle ou telle façon, l'effet expressif sera beaucoup plus accentué. Ainsi :

> Muletiers qui poussez de vallée en vallée

Ou :

> Ceux d'Ascalon *du beurre* et ceux d'Aser *du* blé.

Qui ne voit combien ces sons rappelés produisent, beaucoup plus fortement que le rythme, l'impression demandée. Celle-ci est moindre dans le vers suivant où le rythme seul s'efforce de peindre le mouvement :

> Que le bruit | des rameurs | qui frappaient | en cadence.

§ 1er.

1) La répétition d'un mot ou de quelques mots est le moyen le plus frappant de peindre un bruit ou un mouvement répété :

> Le flot sur le flot se replie ;

2) La succession indéfinie :

> Après la plaine blanche une autre plaine blanche.

Ou la simultanéité de toute une série d'idées :

Le démon se remit à battre dans sa forge ;
Il frappait *du* ciseau, *du* pilon, *du* maillet.

(Hugo, Légende des siècles.)

3) Le renforcement de rapidité du trimètre :

Alors Moïse, *alors* le chef, *alors* le Père.

(DE BORELLI.)

4) Le trimètre par sa rapidité et le resserrement syntaxique des syllabes accumule les idées, les événements, les faits, renforcés par la répétition d'un vocable. Cette répétition peut également insister sur l'écartement analytique du vers, en d'autres termes sur l'augmentation du nombre et, partant, le ralentissement des mesures :

Toute la différence entre ce sombre roi
Et ce sombre | empereur | *sans foi* | , *sans* Dieu | , *sans* loi.

(Hugo.)

D'où il appert que ce procédé peut servir pour insister sur des faits semblables : « Et en effet le » moyen le plus simple pour marquer l'insistance » est de répéter un mot ou quelques mots ; c'est » même bien plus un procédé de style qu'un pro- » cédé de versification, ou plutôt la poésie en use » comme la prose. »

§ 2.

La répétition des mots entiers n'est pas le procédé le plus raffiné. Ce dernier consiste dans la répétition non plus de mots mais de lettres isolées.

1) Pour exprimer un mouvement régulier :

Nos chevaux galopaient à travers la clairière
   a è a è a   ò
   g p t t   c

2) Pour marquer un mouvement ou un bruit indéfiniment répété, quoique non régulièrement :

Va, court, *vole*, et me *venge*,

et cela qu'il s'agisse de lettres appartenant à des syllabes toniques, comme l'exemple qui vient d'être donné, ou de lettres appartenant à des syllabes atones, comme :

Ar*les la* bel*le* Grecque aux yeux de Sarazine ;

Ou :

*La m*er qui se *lam*ente en pleurant les sirènes
     an an   an
        (HEREDIA, *L'oubli*.)

3) Pour marquer le parallélisme de deux actions dont la seconde suit régulièrement la première et peut en être la conséquence :

Tout un infini *t*endre y flotte et s'y dessine ·
 t   t   t
   i i   i   i i

4) Ou une série d'événements se suivant rapidement, pouvant dépendre l'un de l'autre ou étant dans une certaine mesure parallèles :

Après avoir trotté, brouté, fait tous ses tours
     é   é ou   ou

(succession de mouvements brusques et saccadés).

5) Comme marque d'insistance :

Il réveilla ses fils dormant, sa femme lasse
Et se remit à fuir *sinistre* dans l'espace.
(Hugo, *La Conscience.*)

Le poète, on l'a vu, insiste sur l'idée exprimée par un mot en répétant ce mot. Il le peut aussi en répétant à défaut du mot, les lettres de ce mot, ce que M. Grammont appelle « ses phonèmes essentiels et caractéristiques ».

Exemple : il s'agit du vent :

Il *s'*approche : il *se* brise: il *se* perd au lointain.
(F. Gregh, *Souffles dans l'Ombre.*)
Je *m*ourrai, *m*ais au *m*oins ma *m*ort *m*e vengera.

Toutes ces répétitions sonores ne sont expressives que lorsque l'idée s'y prête, lorsqu'elles sont en puissance, en d'autres termes qu'elles ont la possibilité de devenir des sons ne produisant pas encore de tels effets. Autrement les répétitions peuvent rester sans résultat, n'être pas remarquées. J'ajoute que si leur nombre est trop grand, si elles sont trop marquées sans que l'idée les réclame comme telles, les répétitions sont alors expressives au delà et à côté de l'idée, je dirai même à l'encontre de l'idée, par cela seul qu'on les sent en trop grand nombre. Il y a dès lors discordance entre l'expression et la pensée : Dans ce vers de Corneille :

Quelle *q*ue soit sa mère et de *q*ui *q*u'il soit fils,

il y a un effet très malheureux provenant de l'emploi exagéré du phonème *q* dont les répétitions fréquentes fatiguent par leur son abusif et identique.

II

LES VOYELLES

Un principe à ne pas oublier, c'est que les lettres ne sont expressives qu'en puissance, c'est-à-dire, n'expriment quelque chose que si l'idée qu'elles recouvrent est susceptible de mettre en lumière leur pouvoir expressif [1]. On peut aussi établir en règle générale que toute idée est complexe, en d'autres termes, comporte des nuances traduisibles « par l'emploi simultané ou successif de moyens d'expression différents ».

Guyau dit de son côté : « Les voyelles constituent » comme la coloration du langage (puisqu'elles se » distinguent l'une de l'autre par le timbre, couleur » du son) ; les consonnes ou articulations ne sont » que les lignes qui séparent les unes des autres » les diverses bandes colorées et les empêchent de » se confondre. Elles sont comme les nervures du » langage, et on ne les distingue pas aussi facile- » ment de loin : dans un massif d'arbres, on n'aper- » cevra d'abord que la teinte des feuilles, non leur » forme ; de loin, on n'entendra que les voyelles » émises, non les consonnes qui règlent leur émis- » sion [2]. »

1. Grammont.
2. *Problèmes d'esthétique contemporaine.*

M. Combarieu nie cette relation des sons avec les idées. Pour lui « chaque lettre a bien un son spécial ; » mais ce son ne devient quelquefois imitatif que » grâce à l'idée qui lui est attachée ». Il ajoute que la poésie diffère radicalement de la musique. Mais il ne s'agit pas de prétendre ici que le rythme musical et le rythme poétique dépendent l'un de l'autre. Il n'y a selon moi aucune analogie entre « le domaine » de l'intelligible exprimé par des signes conven- » tionnels, avec des images abstraites, un rythme » purement numérique et celui de la musique qui » est le domaine de la sensation exprimée par des » signes instinctifs, avec des images et un rythme » réalisés ». Le premier constitué par l'*imitation idéale,* le second par l'*imitation réelle* [1].

Je ne veux pas m'étendre ici longuement sur cette question et je me contenterai de résumer brièvement à ce sujet M. Grammont.

Les voyelles sont en quelque sorte des notes va- riées dont le son dépend de l'articulation. Elles affectent l'oreille par le timbre et la qualité, selon qu'elles correspondent à des notes aiguës, graves, claires, sombres, éclatantes ou voilées.

On peut les diviser ainsi :

1) Voyelles palatales
  a) voyelles aiguës i ; ü (u comme *cru*).
  b) voyelles claires é ; è ; ö (eu fermé comme *feu*).

1. *Les rapports de la musique et de la poésie.*

2) Voyelles graves $\begin{cases} a) \text{ voyelles sombres : ô et u.} \\ b) \text{ voyelles éclatantes : à;o; ê.} \end{cases}$

3) Voyelles nasales.

§ 1er. — *Voyelles palatales.*

a) Aiguës : i ; ü.

Ces voyelles marquent les bruits aigus.

> Avec un cri sinistre, il tournoie, emporté
> (HEREDIA, *Mort de l'Aigle.*)
> Le fifre aux cris aigus...
> (LAMARTINE, *Jocelyn.*)

Ce qui est aigu correspond au cri, d'où i et ü peuvent servir à exprimer :

I) La douleur.

> Tout m'afflige et me nuit, et conspire à me nuire.
> (RACINE, *Phèdre.*)

II) Les supplications.

> Au nom de tous les dieux, il la conjure, il prie.
> (CHÉNIER)

III) La colère au paroxysme et touchant à la fureur.

> Ah ! si du moins Oreste, en punissant son crime
> Lui laissait le regret de mourir ma victime.
> (RACINE, *Andromaque.*)

IV) L'ironie ou le mépris. Dans ce cas les voyelles aiguës se mêlent aux voyelles claires.

> Continuez aux dieux ce service fidèle.
> (CORNEILLE, *Polyeucte.*)

V) En cas de persiflage succédant à l'ironie amère

3.

ou méchante les voyelles aiguës ne donnent plus ou
même disparaissent :

> Vous chantiez, j'en suis fort aise :
> Eh bien ! dansez maintenant.

Il n'y a pas lieu, d'ailleurs, de citer des exemples
à l'infini. Le nombre des nuances étant illimité, on
ne peut, dès lors, énumérer complètement celles
susceptibles de s'exprimer par telles catégories de
voyelles. « Il suffit, en effet, d'avoir déterminé la
» nature et la valeur propre des phonèmes pour être
» capables de prévoir à quelles diverses nuances ils
» pourront s'appliquer comme moyens d'expres-
» sions [1]. »

b) Voyelles claires: é ; è ; ö (eu fermé comme feu).

Tandis que les voyelles aiguës se prononcent le
plus en avant possible de la partie antérieure du
palais, les voyelles claires s'expriment avec une ouverture buccale moins grande. De là chez elles plus
de ténuité, de douceur et de légèreté.

On peut s'en servir :

I) Pour marquer un bruit clair, doux et léger :

> Le murmure *léger* des abeilles fidèles.
> (LECONTE DE LISLE.)

II) Pour la peinture des objets ténus, petits, légers, mignons :

> Ici-gît, *Etranger*, la verte sauterelle
> Que durant *deux* saisons nourrit la jeune Héllé.
> (HEREDIA.)

1. Grammont. p. 204.

III) Dans la description d'un être très petit :

Je me la rappel*ais* quand *elle* *était* petite,
Quand *elle* m'apport*ait* *des* lys et *des* jasmins.

(Hugo.)

IV) Pour une impression de légèreté :

La fantaisie *ailée* autour d'*elle* voltige.

(Musset.)

V) Des idées légères, gaies, riantes, gracieuses, idylliques :

Les nids chant*aient*, *les* eaux murmur*aient* dans *les* he*r*bes,
On voy*ait* tout brill*er*, tout *aimer*, tout fleu*r*ir.

(Hugo.)

Je donne ici cette pièce de Leconte de Lisle, toute en rimes claires : *Kléarista*.

Kléarista s'en vient par les blés onduleux
Avec ses noirs sourcils arqués sur ses yeux bleus,
Son front étroit coupé de fines bandelettes,
Et, sur son cou flexible et blanc comme le lait
Ses tresses où, parmi les roses de Milet,
   On voit fleurir les violettes.

L'aube divine baigne au loin l'horizon clair ;
L'alouette sonore et joyeuse, dans l'air,
D'un coup d'aile s'envole au sifflement des merles ;
Les lièvres, dans le creux des verts sillons tapis,
D'un bond inattendu remuant les épis
   Font pleuvoir la rosée en perles [1].

Voici une autre pièce intitulée : *La Fille aux cheveux de lin,* également de Leconte de Lisle, et construite de même façon.

---

1. *Poèmes Antiques.*

Sur la luzerne en fleur assise
Qui chante dans le frais matin ?
C'est la fille aux cheveux de lin,
La belle aux lèvres de cerise.
L'amour au clair soleil d'été,
Avec l'alouette a chanté.

Ta bouche a des couleurs divines,
Ma chère et tente le baiser !
Sur l'herbe en fleur veux-tu causer,
Fille aux cils longs, aux boucles fines [1]... ?

§ 2. — *Voyelles graves.*

a) Éclatantes : a ; ó ; è ; o^n; e^n.

Ces voyelles expriment naturellement les bruits
éclatants comme les vocables qui suivent en font foi ;
éclatant, fracas, craquer, sonore, cataracte.

> Comme il sonn*a* l*a* charge, il s*o*nne la victoire.
> (La Fontaine.)
> La grande *â*me d'airain qui l*à*-*haut se* lament*e*.
> (Hugo.)

Elles marquent :
I) Les éclats de voix :

> On dress*e*r*a* des m*â*ts avec des oriflammes,
> Vict*o*ire ! V*e*nez v*o*ir les cad*a*vres, mesd*a*mes.
> (Hugo.)

II) La réclame, l'orgueil :

> V*o*ix de l'orgueil*:* *un* cri puiss*ant* comme d'*un* cor.

III) La grandeur, la majeste, l'admiration :

1. Voir aussi la pièce intitulée : *Annie.*

Charlemagne, emper*eur* à la b*a*rbe fleurie.

(Hugo.)

M'*enveloppant* alors de la colonn*e* noire
J'ai marché devant tous, triste et seul dans ma gloire.

(Vigny, *Moïse*.)

b) Sombres : ô, u, u^n.

Elles servent à peindre : un bruit sourd, comme les mots *sourd, ronrons, bourdon, grondement, ronfler, rauque.*

> J'entendais en passant les *coups sourds* du marteau.
> ...Où l'enfant peut cueillir la fleur, strophe vivante,
> Sans qu'*une* grosse v*o*ix t*ou*t à c*ou*p l'épou*vante.

(Hugo.)

> Quels sont ces bruits s*ou*rds !
> Ecoutez vers l'*onde*
> Cette voix prof*onde*
> Qui pleure t*ou*j*ours*
> Et qui t*ou*j*ours* gr*onde.*

(Hugo, *Les voix intérieures*.)

Elles indiquent :

I) La lourdeur par opposition à la légèreté marquée par les syllabes claires (voyelles claires).

> Combien ce fruit est gros et sa tige men*ue.*

II) L'idée grave, le ton sentencieux par contraste avec l'idée gaie ou gracieuse exprimée par la voyelle claire :

> Selon que vous ser*ez* puiss*ant* ou misérable
> Les jugem*ents* de c*our* vous rendr*ont* bl*a*nc *ou* noir.

(La Fontaine.)

III) L'idée triste et, dans ce cas, on emploie plus de voyelles sombres que de voyelles éclatantes et l'on voilera même les unes et les autres par la nasalité. D'ailleurs l'idée sombre se peint par des mots dans le genre des mots *sombre, ombre.*

Des rires effrénés (voyelles éclatantes)
mêlés *au* sombre pleur (voyelles sombres).
(Baudelaire.)

§ 3. — *Voyelles nasales.*

Ces voyelles, voilées en quelque sorte par la nasalité, appartiennent chacune à la même classe que la voyelle orale qu'elles ont pour substratum.

Il suit de là qu'elles peuvent être claires, éclatantes, sombres et jouer le même rôle que les voyelles orales du même ordre qu'elles. Seulement leur son est moins net à cause de la sourdine qu'y met la nasalité. C'est ce qui explique pourquoi lorsque les nasales éclatantes sont mêlées à des voyelles sombres (orales ou nasales), elles prennent dans ce voisinage la valeur de *sombres.* Au sujet de ces voyelles il importe donc beaucoup de savoir quelle est la voyelle non nasale dont elles sont la voyelle nasalisée.

Quand les nasales sont plus nombreuses que les orales, le voilement du son provenant de la nasalité sera la quantité dominante et, dès lors le timbre passe au second plan. Dans ce cas, l'ensemble exprimera — même si ce que M. Grammont appelle le *substratum oral* aliàs : la voyelle non nasale est clair ou sombre, — l'ensemble, dis-je, exprimera la *lenteur*, la *langueur*, la *mollesse*, la *nonchalance.* Ainsi :

Bala*nç*a*nt* molleme*nt* leurs tailles n*o*nchala*nt*es.

.(MUSSET.)

Qui *s*e*m*blent s'e*n*dormir d*an*s *un* rêve s*an*s fin.

(BAUDELAIRE.)

D*an*s l'ombre tr*an*spare*nt*e *in*doleme*nt* il rôde.

(HUGO.)

§ 4.

Toutes ces observatio*n*s sur les voyelles marque*n*t qu'il faut s'a*p*puyer sur la nature des voyelles pour montrer à quelle catégorie d'idées elles peuvent s'appliquer comme moyen d'expression.

L'avantage de cette méthode est de ne jamais prêter à un son telle valeur parce qu'il se rencontre plusieurs fois dans un vers qui exprime telle idée.

Son inconvénient est de ne pas permettre d'étudier à la fois les idées dont l'expression demande l'emploi de différentes catégories de lettres, car tels mots contiennent parfois des voyelles aiguës, éclatantes, sombres, et demandent, en conséquence, des examens successifs.

Malgré tout, une semblable méthode l'emporte de beaucoup sur celle qui consisterait à partir d'une classification des idées pour rechercher quels sons peuvent convenir à l'expression de chacune, puisque le dénombrement des idées ne pourrait jamais être complet, et qu'on arriverait à une énumération indéfinie dont la classification serait forcément arbitraire. Au lieu que

« connaissant d'avance la nature et la valeur de chaque

phonème (lettre), on peut prévoir, étant donnée une
nuance quelconque d'idée, quels sont ceux qui convien-
dront à son expression [1] ».

Ainsi, pour exprimer le silence, on emploiera les
sons mous, voilés, les voyelles nasales. Exemple :

Silencieusement s'argente le croissant.

L'enthousiasme aboutissant à une admiration mo-
mentanée, ou une idée gaie, gracieuse, sereine, s'exprimera par une voyelle claire dans les syllabes
toniques.

Une voyelle sombre ou une voyelle éclatante nasalisée, contrastant par sa lourdeur avec la légère
précédente, marquera le repos admiratif :

Que vous êtes joli ! que vous me semblez beau !
(La Fontaine.)

III

LES CONSONNES

On peut les diviser en deux catégories :
A) Les momentanées.
B) Les continues.

A) *Consonnes momentanées.*

1) Explosives.
2) Occlusives.

1. Grammont, p. 242.

Les explosives heurtent l'air d'un coup sec et saccadent le style en se répétant souvent.

Les occlusives sourdes : t, c, p produisent cet effet plus nettement encore que les occlusives sonores d, g, b.

Les consonnes peuvent marquer *physiquement* :

I) Un bruit répété : *cliquetis, cric-crac.*

> Et faisant à tes bras qu'autour de lui tu jettes
> Sonner les bracelets où tintent des clochettes.
> (LECONTE DE LISLE.)

II) Des mouvements saccadés ou secs comme des coups.

> En se frappant le cœur avec un cri sauvage.
> (MUSSET.)

III) Ou plus doux :

> Que ne l'étouffais-tu, cette flamme brûlante
> Que ton sein palpitant ne pouvait contenir.
> (*Id.*)

Au point de vue *moral* ces consonnes peuvent exprimer, par leur répétition saccadant les paroles, des sentiments divers :

I) L'ironie âpre et sarcastique

« car le morcellement dû aux occlusives détache chaque élément d'idée et martelle l'un après l'autre tous les traits qui frappent successivement, comme des flèches qu'on décocherait sans interruption [1] ».

> Dors-tu content, Voltaire, et ton hideux sourire
> Voltige-t-il encor sur tes os décharnés ?
> Ton siècle était, dit-on, trop jeune pour te lire ;
> Le nôtre doit te plaire et tes hommes sont nés.
> (MUSSET, *Rolla.*)

1. Grammont, p. 248.

II) Le halètement de la colère :

> Elle entre. — *D*'où viens-*t*u? Qu'as-*t*u fait ce*tt*e nuit ?
> Réponds. Que me veux-*t*u? Qui *t*'amène à ce*tt*e heure ?
> Ce *b*eau *c*orps jusqu'au jour où s'es*t*-il é*t*endu?
> Tan*d*is qu'à ce *b*alcon, seul, je veille et je pleure,
> En *q*uel lieu, *d*ans *q*uel lit, à *q*ui souriais-tu ?
>
> (MUSSET, *Nuit d'octobre*.)

III) L'hésitation morale, le trouble intérieur :

> *D*ans le *d*oute mor*t*el *d*ont je suis agi*t*é.
>
> (RACINE, *Phèdre*.)

Et qu'on ne dise pas que de semblables considérations sont inutiles. C'est faute d'y recourir qu'on peut composer des vers choquants « parce qu'il y a » discordance entre l'idée exprimée et les moyens » employés [1] ». Tels, ces vers de Hugo dans lesquels les mêmes consonnes sont répétées trop fréquemment, alors que l'idée n'exigeait pas de telles répétitions :

> ... Je crois dans tous les cas
> Qu'ici dans les *c*aveaux ils ont *q*uelque *c*achette.
>
> (*Les Burgraves*.)

> Comme un arbre au printemps *q*ue le ver pi*q*ue au *c*œur.
>
> (LAMARTINE, *Jocelyn*.)

> Tu *t*e révol*t*es, *t*u *l*'irri*t*es,
> O mon âme, de ce que *t*el
> Ne comprend pas *l*ous *t*es méri*t*es
> Et met *t*on *t*alent sous l'au*t*el.
>
> (SAINTE-BEUVE.)

B) *Consonnes continues.*

Elles se divisent en :

1) Nasales n ; m ;

1. Grammont, p. 250.

2) Liquides l ; r ;

3) Spirantes
{
  fricatives f, v (ou spirantes labio-
  dentales).
  sifflantes (ou spirantes dentales).
  chuintantes ch, j.
}

Ces consonnes sont rarement isolées, mais s'unissent au contraire pour exprimer simultanément différentes nuances concourant à un même but.

§ 1er. — *Consonnes nasales.*

Les consonnes nasales sont dentales ou labiales en tant qu'articulation, seulement si elles sont jointes à des lettres dentales ou labiales. Mais, à défaut de ces lettres, leur qualité nasale ressort particulièrement. Dès lors leurs sons voilés servent à l'expression — déjà envisagée à propos des voyelles nasales — de la lenteur, de la mollesse, de la langueur :

> Comme des pas *m*uets qui *m*archent sur la *m*ousse.
> (LAMARTINE.)
> Elle *m*eurt dans *m*es bras d'un *m*al qu'elle *m*e cache.
> (RACINE, *Phèdre.*)

« dit la nourrice de Phèdre, Œnone, dans un vers sans muscle pour ainsi dire, humide et amolli comme un sanglot, où l'oblitération de la consonne m quatre fois répétée a une valeur musicale bien sensible pour toute oreille un peu délicate[1] ».

---

1. Stapfer, *Racine et V. Hugo.*

§ 2. — *Consonnes liquides.*

Les liquides marquent l'écoulement, la fluidité, surtout la liquide l.

> Le *fl*euve en s'écou*l*ant nous *l*aisse dan*s* ses vases.
> (LAMARTINE, *Recueillemenls.*)

La liquide r, de par sa prononciation, est une consonne vibrante dont la valeur varie suivant qu'elle s'appuie sur des voyelles claires ou aiguës ou sur des voyelles éclatantes ou sombres.

L'r exprime :

I) Un grondement aigu.

> Le pe*rfi*de t*r*iomphe et se *r*it de ma *r*age.
> (RACINE, *Andromaque.*)

II) Et aussi, ce qui arrive le plus souvent, un grondement sourd ; l'r s'appuie alors en majorité sur des voyelles éclatantes comme dans *grogner*, ou sur des voyelles sombres, comme *gronder*, *ronron*, *ronfler*, mais presque jamais sur des voyelles claires.

> Et le peuple en *r*umeur g*r*onde autou*r* du p*r*étoi*r*e.
> (LECONTE DE LISLE.)

III) Appuyé sur des voyelles graves l'r peut marquer encore l'écrasement, tels les mots *écraser*, *broyer*, et même un roulement bruyant :

> On vous voit moins souvent, o*r*gueilleux et sauvage,
> Tantôt fai*r*e vole*r* un cha*r* sur le *r*ivage.

§ 3. — *Consonnes spirantes.*

Les spirantes expriment toutes un *souffle :*
Tantôt mou et sans bruit ou accompagné d'un bruit très sourd, avec les spirantes labio-dentales f et **v.**

> Sur le groupe endormi...
> *Flottait, crêpe vivant, le vol mou des vampires.*
>   ¡(HEREDIA, *Les Conquérants de l'Or.*)

Tantôt accompagné de chuchotement, avec les chuintantes ch et j.

Tantôt accompagné d'un sifflement léger et violent, ou un sifflement accompagné de souffle, avec les spirantes dentales ou consonnes sifflantes proprement dites : c, s, z.

> Pour qui sont ces serpents qui sifflent sur nos têtes ?
>   (RACINE.)
> Tircis qui l'aperçut, se glisse entre des saules.
>   (LA FONTAINE.)

On peut déduire de là que beaucoup de vers où le sifflement n'était pas exigé sont défectueux parce qu'ils sont sibilants :

> Des baisers sont sur sa bouche.
>   (LAMARTINE.)

Pourquoi ici ces spirantes répétées ?
Même réflexion à propos du vers de Chénier :

> Ah ! ces baisers si vains ne sont pas sans douceur.
>   (A. CHÉNIER, *L'Oaristys.*)

Combinaison des diverses consonnes.

L'emploi de la liquide l avec les spirantes labio-
dentales f et v, ou sifflante s ajoute aux nuances de
souffle ou de brise une idée de liquidité :

L'hui*le* et *le* p*l*omb *f*ondu ruisse*l*er sur *l*eurs casques.
(HUGO.)

Une idée de flottement ou de vol flottant :

la nuit sur la pelouse
Balance le zéphyr dans son voile odorant.
(MUSSET.)

L'emploi des spirantes labio-dentales f et v, ou
dentales (sifflantes) avec la vibrante r, donne l'impression d'un frottement, frôlement, froissement,
frémissement, frisson. Ce fait est remarquable surtout dans la combinaison de la labio-dentale avec la
vibrante r.

et les vents alizés
Gonflant d'un souffle frais leur voilure plus ronde.
(HEREDIA, Les Conquérants de l'Or.)

« A l'expression du souffle (s, z, v, f) s'ajoute une
» idée de liquidité (l) et de frémissement (r [1]) ». L'r
tout seul ne peut pas exprimer le frémissement s'il
n'est pas accompagné d'f et d's.

---

1. Grammont, p. 263.

Articulation des consonnes.

Les consonnes ne sont pas à envisager uniquement au point de vue de leur mode d'articulation : occlusives, spirantes, liquides, nasales. Il faut considérer aussi quelle valeur leur donne l'articulation proprement dite.

A cet égard les consonnes se répartissent ainsi :

Dentales : t, d, s, z, n, l, ra.

Palatales (palais) : qué, gué, ch, j, ri.

Vélaires (voilées) : cou, gou, rou.

Labiales et labio-dentales : p, b, f, v, m.

L'r est mis au nombre des dentales, des palatales et des vélaires à cause des valeurs et articulations différentes que comporte cette lettre suivant les cas.

Dentales :

Les dentales (surtout t), unies à la spirante sourde s et un r quelconque, produisent une explosion interdentale qui précède les sanglots et l'on peut par ce moyen peindre la tristesse, la douleur. Exemple, le mot *triste* lui-même.

> C'est le plus *triste* jour de *tous* ; c'est aujourd'hui.
> (T. GAUTIER, *Après le Bal.*)

Palatales et Vélaires :

Les palatales ou les vélaires combinées avec r produisent le son imitatif qu'on trouve dans les mots *craquer, gronder.*

> Elle fait, sur son flanc qui ploie,
> Craquer son corset de satin.

(Musset.)

Labiales et Labio-Dentales :

Les labiales et les labio-dentales se prononcent avec un gonflement des lèvres exprimant le mépris et le dégoût : « Qui a vu les bas-reliefs de Reims se » souvient du gonflement de la lèvre inférieure des » vierges sages regardant avec mépris les vierges » folles [1] ». Souvent les poètes ont noté ce jeu de physionomie et sa valeur :

> L'ange sans dire un mot regarda le fantôme
> Fixement, et gon*fl*a sa lèvre avec dédain.

(Hugo, *Fin de Satan.*)

Les mots *fi*, *poua* et autres de ce genre, se prononcent avec un gonflement analogue :

> Je ne *p*rends *p*oint *p*our juge un *p*euple téméraire.

(Racine, *Athalie.*)

De tels mots servent souvent à marquer l'ironie :

> A des *p*artis *p*lus hauts ce *b*eau *f*ils doit *p*rétendre.

(Corneille, *Le Cid.*)

Sauf dans le cas où l'idée ne comporte pas l'ironie. Exemple :

> Quoi ! *l*e beau nom de *f*ille est un *t*itre, ma sœur,
> Dont vous vou*l*ez quitter *la ch*armante *d*ouceur.

(Molière, *Femmes savantes.*)

On ne doit pas accumuler les labiales à tort et à travers, car l'attention serait alors trop vivement frappée et le son deviendrait mauvais.

1. Grammont, p. 268.

Mieux encore que les dentales et les sifflantes unies à la lettre r, les labiales expriment la tristesse et la douleur. Les « spirantes labio-dentales reproduisent » par onomatopée les soupirs et les occlusives labiales » reproduisent les sanglots [1] ».

L'effet sera plus grand si on combine les labio-dentales, les dentales et les chuintantes (ces dernières exprimant par imitation les gémissements : *gémir*, *geindre*).

Exemple :

Ne *me* réduisez *point* *par* ce*tt*e dure loi
*J*usqu'à *me p*laindre au *ci*el de *ce* que je *vous* dois ;
Et ce*tt*e *vie* ! hélas ! que *vous m*'avez donnée
Ne *me* la rendez *pas*, *mon p*ère, in*for*tunée.

(MOLIÈRE, *Tartuffe.*)

Dans la scène 6 du deuxième acte de *Mithridate*, la note des soupirs et des sanglots apparaît chaque fois que Monime se laisse aller à ses propres sentiments et disparaît quand, l'intelligence l'emportant sur sa sensibilité, elle réfléchit, examine sa situation et y conforme son langage :

Oui, Prince : il n'est *plus t*emps *de* le *d*issimuler ;
*Ma d*ouleur *pour* se *t*aire a *t*rop de *vio*lence.
Un rigoureux devoir me condamne au silence ;
Mais il *faut b*ien en*f*in, malgré ses du*r*es lois,   .
*P*arler po   la première et la dernière *fois*.
*V*ous m'aimez dès longtemps : une égale *t*endresse
*Pour vous d*epuis longtemps, *m*'a*ff*lige et *m*'in*t*éresse.
*Songez d*epuis quel *j*our ces *f*unestes a*pp*as
*F*irent naî*t*re un amour qu'ils ne *mé*ri*t*aient *pas* ;

Rappelez un espoir qui ne vous dura guère,
Le trouble où vous jeta l'amour de votre père,
Le *tourment de me* perdre et *de* le *voir* heureux,
Les rigueurs d'un devoir contraire à tous mes vœux :
Vous n'en sauriez, seigneur, retracer la mémoire,
Ni conter vos malheurs sans conter mon histoire,
Et lorsque ce matin j'en écoutais le cours
Mon cœur vous répondait tous vos mêmes discours.
Inutile, ou plutôt, funeste sympathie !
Trop parfaite union par le sort *démentie* !
Ah ! par quel soin cruel le ciel avait-il joint
Deux cœurs que l'un pour l'autre il ne destinait point !
Car, quel que soit vers vous le penchant qui m'attire [1]
Je vous le dis, seigneur, pour ne plus vous le dire,
Ma gloire me rappelle et m'entraine à l'autel, etc. [2].

1. Cette union des labio-dentales et de la chuintante *ch* marque vraiment ici un cri de douleur.

2. Voir aussi *Andromaque* et la pièce de V. Hugo : *A Ville quier* (*Contemplations*).

CHAPITRE DEUXIÈME

L'HIATUS

Je tiens, avant d'écrire sur l'hiatus, à bien fixer le point suivant. Je ne prétends ni ne veux composer de traité prosodique, mais je désire simplement m'occuper de certaines questions à peine élucidées encore.

Jusqu'à Ronsard le poète peut mettre à la césure un mot terminé par un *e* muet faisant syllabe ; et aussi à l'intérieur d'un vers les diphtongues *ée*, *ie*, *ue* et les voyelles doubles *ai-e*, *oi-e*, *ou-e*, *au-e*, *ui-e*. Les poèmes de Ronsard et de ses contemporains en font foi, et avant eux Villon, Ch. d'Orléans, O. de Saint-Gelais avaient usé de ce procédé.

Le poète pouvait aussi ne tenir aucun compte de la syllabe muette :

> La pluye nous a déluez et lavez (10 pieds).
>
> (VILLON.)

Ronsard, lui, fut partisan, dans son *Art poétique*, de faire disparaître au moyen d'une syncope l'*e* des vocables singuliers et pluriels se rencontrant au milieu du vers :

> Contre Mézance Ené' branla sa pique

donne-t-il comme exemple.

Or, cela revient à dire que l'*e* précédé d'une voyelle ne compte pas dans la mesure du vers, *parce qu'il ne compte pas dans la prononciation.* « La conformité du vers et du parler exigeait qu'il disparût de l'orthographe comme de la mesure [1]. » Aussi beaucoup de poètes du xvie siècle écrivent-ils : Je *prîrai*, je *loûrai*, remplaçant l'*e* muet par un accent circonflexe commandant l'allongement de la voyelle.

Au xviie siècle Vaugelas, Racine, Molière, Regnard en usent ainsi dans des mots comme *remue-ménage*, *pie-grièche*. Dans d'autres vocables, comme *dénu-e-ment*, l'écriture est en retard sur la prononciation. Peu à peu l'*e* muet qui comptait dans : *aie*, *aient* (bien que *soient* ne comptât que comme monosyllabe) devient monosyllabe, sauf quelques archaïsmes.

De même pour les mots *crient*, *plient*, *croient*, Voltaire veut qu'ils n'aient qu'une syllabe et ne s'emploient qu'à la fin du vers. « Or, s'ils ne valent qu'une
» syllabe, ce sont comme *aient*, des terminaisons
» masculines. Si l'on veut les employer à l'intérieur
» du vers, ou bien il faut faire *cri-ent, pli-ent*, dissyl-
» labes et féminins, ou bien il faut faire *pli, cri (pli,*
» *crî)* monosyllabes et masculins ; car il saute aux
» yeux qu'il y a contradiction entre l'*e* muet faisant
» syllabe que Voltaire appelait un demi-hiatus et l'*e*
» muet syncopé, les deux formes également usitées
» au xvie siècle [2]. »

1. Cf. Guilliaumin, *Le Vers français et les Prosodies modernes.*
2. Guilliaumin, *op citat.*

La règle était très bonne. Les classiques, à la suite de Malherbe et de Boileau, ont eu tort de ne pas s'y rendre et de n'admettre dans l'intérieur du vers aucun mot terminé par un *e* ne se prononçant pas, c'est-à-dire ne comptant plus aujourd'hui comme une syllabe. C'est ainsi qu'on ne peut dire en vers : la *feue reine,* la *journée belle,* la soirée *limpide,* la *pluie fine ;* « on ne peut avoir l'en*vie* de rire, ni la *vue* basse, ni une entre*vue* secrète, ni de la sympa*thie* pour quelqu'un [1] ».

On voit la faute. Le vers condensant la pensée, il fallait, avant tout, multiplier les accents et les rapprochements et, pour y arriver, éliminer les mots parasites, les syllabes atones au profit des voyelles sonores, ayant par ce moyen « supprimé les frotte-» ments qui dépensaient la force vive » du langage poétique [2].

Au milieu du XVIIe siècle on appelle *e* muet tout *e* qui n'est ni fermé ni ouvert, c'est-à-dire non surmonté d'un accent grammatical. *Nomme-le* a deux *e.* Le premier ne s'entend pas, c'est un véritable muet; le second est sonore, a un accent tonique dont le son se rapproche de la diphtongue *eu.*

Or, n'oublions pas que l'*e* muet, à cette époque, n'entre plus dans la prononciation quand il est muet : la preuve est qu'on l'enlève dans des mots comme *houblon, chambrette,* etc. qui s'écrivaient autrefois : *houbelon, chamberelte.*

1. *Id.*
2. Guyau.

Or ces *e* protoniques ne se prononçant pas davantage que l'e de *pigeon,* pourquoi compter, dans la mesure du vers, quatre syllabes à *pal'frenier,* plutôt qu'à *vermisseau,* ou trois syllabes à *méd'cin* plutôt qu'à *berceau ?*

De semblables *e* se mangent donc vraiment dans la prononciation. Le tragédien a beau faire, il ne peut prononcer autrement que tout le monde les *e* muets ; il les escamote : *Je le dis, je ne sais,* n'a que deux syllabes : je *l'dis* je *n'sais,* et le chanteur aura beau prononcer la *peu-lou-seu,* il ne pourra empêcher l'absurdité du système voulant qu'on écrive la *pelouse* et qu'on prononce la *plous'.*

C'est ainsi que nombre de vers bien conformés en apparence sont de véritables boiteux. Il y a des alexandrins de onze syllabes :

Têtebleu ! ce m' sont — de mortelles blessures.

Il y en a de dix : 4 + 6.

Va vit' de c' pas — préparer pour tantôt.
Ell' me r'demande — et son sang et sa vie.

ou 5 + 5.

Si vous fait's cela, — vous ne f'rez pas peu.

Il y en a de neuf :

Je sais c'que tu vaux — et c'que j'te dois.

On le voit : ces prétendus alexandrins ne sont que des vers libres. Le langage vulgaire se débarrasse des syllabes inutiles, mais la poésie les maintient avec soin dans la mesure du vers « de sorte qu'au-

» jourd'hui la prose, sous le rapport des rythmes,
» est devenue la véritable langue poétique, tandis
» que la prosodie du vers a conservé toutes les for-
» mes tombées en désuétude et ne repose plus que
» sur des préjugés et des fictions [1] ».

Il n'y avait ni à opérer une réforme orthographi-
que, comme Molière écrivant :

Oui dà, très volontiers, je l'*épousterai* bien ;

ni à remplacer l'*e* muet éliminé par une apostrophe,
comme on le faisait au xvie siècle et comme on le
fait chez les chansonniers du Tréteau de Tabarin. Il
y avait tout simplement à considérer que les mots se
prononçant, doivent se prononcer en vers comme en
prose. Si l'orthographe a gardé longtemps l'*e* dans
je pay*e*rai, paierai, pay*e*ment, remerci*e*ment, ce
n'est pas ce qui faisait prononcer l'*e* muet qui était
placé dans ces mots. On écrivait bien fran*ç*ois, roid*e*,
par*oîtr*e, quand on prononçait déjà fran*ç*ais, raid*e*,
par*aîtr*e : l'écriture retardant sur la prononciation.

La syncope n'est pas plus difficile à pratiquer que
l'élision.

On n'écrit pas :

Le lièvr' et la tortu' en sont un témoignage ;

On n'apostrophe pas davantage la place de l'*e*
muet pour montrer qu'il ne compte pas dans la mesure du vers.

Les Latins écrivent bien :

Monstrum horrendum, informe, ingens,

1. Guilliaumin.

au lieu de

Monstr' horrend', inform', ingens.

et les Italiens

Se il sole indora il di

et non

S'il sol' indor' il di.

« La restauration de l'hiatus, la synérèse (le mo-
» nosyllabisme terminologique) des mots en *ion,*
» *ien,* etc., la syncope des *e* précédés d'une voyelle
» ou placés entre deux consonnes, c'est-à-dire des *e*
» réellement muets, toutes ces réformes qui con-
» couraient également à mettre la prononciation du
» vers d'accord avec celle de la prose, aurait resti-
» tué à la langue poétique une infinité d'expressions
» indispensables. Elles avaient donc une importance
» énorme pour ceux qui disaient avec Victor Hugo :

Et je n'ignorais pas que la main courroucéc
Qui délivre le mot délivre la pensée.

» Rien n'indique que l'école romantique ait eu le
» moindre soupçon de l'existence de trésors enfouis
» depuis des siècles sous des montagnes de règles
» fausses, restrictives et illogiques. On ne découvre
» nulle part la trace, ne fût-ce qu'à titre de licences,
» des libertés que prenait le xvie siècle. Nous assis-
» tons ainsi à un curieux spectacle : d'une part, on
» s'insurge contre la convention qui avait fait ex-
» clure de la poésie certains mots roturiers ; on ne
» veut ni talons rouges ni bonnets rouges. Et d'une
» autre part, on s'incline devant les préjugés sécu-

» laires tout aussi ridicules, et l'on ferme la porte
» du vers à des milliers d'expressions dont le droit
» de cité n'est pas contestable.

» Il faut rendre cette justice aux romantiques de
» 1830 qu'ayant coupé la queue de leur chien et re-
» conquis le droit de « faire tomber leur vers sur le
» nez », ils n'abusèrent pas de leur victoire : une
» fois disloqué, « le grand niais d'alexandrin » se
» prêtait à tous les genres d'excentricités ; pourtant,
» les exemples sont rares chez eux de séries de vers
» à césure mobile et à rejets ; les hémistiches noués
» aux deux bouts restent de règle. Par exception
» seulement, presque par licence, leur alexandrin est
» parfois démembré, désarticulé, mais il n'est ja-
» mais complètement désossé. C'est à leurs succes-
» seurs qu'il était réservé de le faire passer à l'état
» de mollusque en tirant les conclusions immédiates
» du déclanchement de la césure [1]. »

L'hiatus est donc d'une manière générale, interdit
entre deux mots dans l'intérieur d'un vers : « à
moins que les deux voyelles ne soient pas séparées
par un e féminin qui s'élide ou par une consonne qui
ne se prononce pas. »

Or, est-ce exact ? Je ne le crois pas.

L'hiatus n'a été proscrit de la prosodie française
qu'afin d'éviter la rencontre de deux sons dont l'au-
dition eût été désagréable à l'oreille. Il s'agit donc
ici d'une question de prononciation et d'un phéno-
mène auditif.

1. Guilliaumin, *op. cit.*

Dire qu'il y a hiatus dans :

Je viens dans son temple *adorer* l'Eternel *(Racine)*

n'est pas vrai, puisque l'*e* de temple n'est pas prononcé. De ces deux voyelles *e* et *a*, il n'y a que la
seconde qui se prononce. Et alors on est arrivé à
cette conclusion mauvaise : que toute élision de l'*e*
devant une voyelle initiale ne comportait pas d'hiatus et, partant, qu'il n'y en avait pas dans ces
mots :

La soirée était belle.

Or, ceci n'est pas soutenable, car *e* étant élidé,
c'est-à-dire ayant disparu, les deux autres *e* restent
en contact et l'hiatus continue.

Dans la prononciation actuelle, écrire :

J'ai vu ma mère immolée à mes yeux

Ou

J'ai vu mon père immolé à mes yeux

revient — auditivement — à produire le même effet.
Et pourtant nombre de poètes soutiendront qu'il n'y
a pas analogie de sens dans l'occurrence.

Pourquoi ? Parce qu'ils oublient que les vers ne
doivent pas être lus seulement des yeux, en silence,
mais sont faits pour être dits [1].

Si nous passons maintenant aux consonnes, il faut
remarquer que la plupart — qui ne se prononcent
plus — sont devenues accentuées à une époque plus
ou moins ancienne. On disait jadis la *h*ache en insis-
tant sur l'h aspiré. Aujourd'hui on n'insiste pas plus

1. Saint-Saëns, *Harmonie et Mélodie.*

sur cette lettre h que sur l'h du mot *homme* qui a toujours été une lettre muette.

De même l's final du mot *brebis* qui se prononçait
au moyen âge, dès le XVIIᵉ siècle, cessait d'être
prononcé. Et du jour où une consonne n'a plus été
prononcée, elle a *cessé d'empêcher la rencontre* des
deux voyelles qu'elle séparait ; dès lors l'hiatus interdit a reparu, *malgré la règle qui l'autorisait.*

Et M. Grammont dit avec raison que si la poésie
évite : *le roi en rit* ; elle doit éviter aussi à cause de
l'hiatus : *le roi Henri.*

On peut encore ajouter qu'une voyelle nasale, non
suivie d'un n qui se prononce, fait hiatus devant une
autre voyelle :

un chem*in in*terdit :

et de même : toute voyelle, suivie d'une consonne ne
se prononçant pas, demeure telle qu'une voyelle
finale. L'ajouture d'une consonne ne saurait supprimer l'hiatus, témoin ce vers de Hugo :

C'est hideux : Satan *nud* et ses ailes roussies.

Considérons en outre que si la rencontre de deux
voyelles est désagréable et doit être évitée entre deux
mots, il faut proscrire aussi de la versification tous
les mots où deux voyelles se prononçant sont en
contact immédiat. Or, loin de négliger ces mots, les
poètes les recherchent au contraire. D'Alembert les
citait en critiquant la prescription de l'hiatus.
Legouvé parlait avec enthousiasme de la douceur des
termes : *Cornélia, muette, suave, fluide, ébloui, jo-*

yeux. « Ces mariages de voyelles dans le sein des mots ne donnent-ils pas lieu à de charmantes harmonies [1] ? »

Becq de Fouquières admettait de semblables hiatus entre deux voyelles dont la première est tonique, « l'accent tonique allongeant la voyelle qu'il frappe » et une voyelle abrégeant une autre voyelle qui la » précède immédiatement ».

Mais, cette assertion n'est pas soutenable. L'hiatus est parfaitement possible entre deux voyelles dont la première est tonique. L'*u* de *nu* est bref, même quand *nu* a un accent rythmique. Dans *le fou est tombé, ou* est aussi long que dans *le fou va tomber.*

Or, il est évident que la plupart des remarques sur l'hiatus, souvent très judicieuses, partent, néanmoins, de principes faux.

Voici des cas où la rencontre de deux voyelles n'est pas plus désagréable entre deux mots que dans l'intérieur d'un même mot :

Première voyelle est i.

> Que la Grèce eût jeté sur l'autel de D*i*ane
> <div align="right">(MUSSET, <i>Rolla</i>.)</div>
> Un cheval effaré qu*i* hennit dans les cieux
> <div align="right">(HUGO, <i>Châtiments</i>.)</div>
> De miel et d'ambrois*ie* ont doré cette histoire
> <div align="right">(MUSSET, <i>Une bonne fortune</i>.)</div>

---

1. Et La Fontaine donc ! « Qui voudrait corriger sa syntaxe » et se plaindrait qu'il eût quelquefois fait heurter les qui avec » les diphtongues et puisqu'il disait en vers *quiétude*, qu'il ne se » fût pas défendu d'y dire : *qui es-tu ?* »

(VIANEY, Mathurin Régnier.)

La sou*ris* était fort froissée
(La Fontaine, IX, 7).

« L's ne se lie pas » (Littré).
Première voyelle : ü.

Flairant un sang plus rouge à travers l'or d*u* h*â*le
(Heredia, *Bacchanale.*)
Un ch*at* h*u*ant s'en vint votre fils enlever
(La Fontaine.)

Première voyelle : a.

Avant tout, le ch*aos* enveloppait les mondes
(Heredia, *La Naissance d'Aphrodite.*)
La fille de Minos et de Pasiphaé
(Racine.)
Les cinq Emirs vêtus de s*oie* incarnadine
(Heredia, *Triomphe du Cid.*)

Première voyelle : é.

La fum*ée y* pourvut ainsi que les bassets
(La Fontaine.)
Mon voisin l*éo*pard l'a sur soi seulement
(*Id.*)
Balayer — j'en réponds — c*es* hordes devant nous
(Hugo, *Burgraves.*)
A cheval et à pi*ed en* bataille rangée [1]
(Desportes.)
Ils voient, irradiant du Béli*er au* taureau
(Heredia, *Le ravissement d'Andromède.*)

« L'r ne se lie jamais » dit Littré.

Voilà d'abord
Le cerf donné *aux* chiens. J'appuie et sonne fort
(Molière.)

1. « L'hiatus n'est pas empêché par la consonne, puisqu'elle ne se prononce pas. » (Malherbe.)

Première voyelle : u (ou).

Il troua l'effrayant plafond torrentiel
(Hugo, *Suprématie.*)
Je pensai tout à *coup à* faire une conquête
(Musset, *Une bonne fortune.*)

« Le p ne se lie pas », Littré.

Le vieux Parmis les *voue à* l'immortelle Rhée
(Heredia, *Le Laboureur.*)

On pourrait multiplier à l'infini ces exemples. Ce qui a été établi pour *a* s'applique à toutes les voyelles éclatantes ; pour *e* à toutes les voyelles claires ; pour *u* à toutes les voyelles sombres. La même remarque s'applique aussi aux voyelles nasales :

L'Océa*n é*tait vide et la plage déserte
(Musset, *Nuit de Mai.*)

Or, parmi tous les hiatus rencontrés jusqu'ici, pas un n'est désagréable. Beaucoup d'entre eux sont même charmants.

Dès lors je le demande, que reste-t-il de la règle qui, dans le but d'écarter des rencontres de sons désagréables, en repousse au contraire de très harmonieux ?

Au xv⁰ siècle l'hiatus était employé couramment :

Il n'y a beste, n*e o*yseau
Qu'en son jargon ne chante ou crie
(Charles d'Orléans, *Rondeau LXIII.*)
Et où vas-tu, petit souspir,
Que j'a*y o*uy si doulcement ?
(*Id.*)

Au xvi⁰ siècle l'hiatus était permis sans restriction.

Marot, Mathurin Régnier, d'Aubigné, du Bellay, Ronsard en usaient d'une façon irréprochable :

Il est son âme, elle de luy
Qui recongnoissant bien les choses
Luy *ouvre* son beau sein de roses
Et en loyer de ses chaleurs
Luy *offre* du baume et des fleurs.

(A. d'Aubigné, *Le Printemps*.)

Où allez-vous, filles du ciel ?

(Ronsard.)

Malherbe lui-même, comme ses prédécesseurs immédiats Desportes, Bertaut, du Bartas, en fait usage :

Il demeure en danger que l'âme *qui est* née
Pour ne mourir jamais meure éternellement.

Mais les poètes de cette époque usèrent souvent mal à propos de cette licence. Aussi le XVIIᵉ siècle proscrivit complètement l'hiatus, ce qui était une exagération.

Il faut, en somme, adopter un moyen terme, comme je le disais dans mes *Considérations sur la prosodie française*[1] ; maintenir les hiatus agréables, écarter le concours des hiatus désagréables. Ils ont une modulation, c'est-à-dire une harmonie, quand les deux voyelles se rencontrant, ne se prononcent pas avec la même ouverture de la bouche ; quand la première est plus fermée que la seconde ou au contraire plus ouverte. « Les hiatus produisent l'effet

1. *Considérations sur quelques écoles poétiques contemporaines et sur les tempéraments à apporter à certaines règles de la prosodie française.* (Champion.)

» d'un bégaiement, d'un ânonnement ou d'un bâil-
» lement quand les deux voyelles se prononcent
» avec la même ouverture buccale, *pari hiatu*, selon
» l'expression de Quintilien et ont le même point
» d'articulation, c'est-à-dire, quand les deux voyel-
» les sont la même répétée [1]. »

Il faut éviter seulement de tels hiatus. Exemple :

Il est bien doux d'avoir dans sa *vie* innocente

(A. CHÉNIER, *Elégie*.)

Donn*a* Anna pleurait

(Th. GAUTIER, *Albertus*.)

Chaumière où du foyer étincelait la flamme

(LAMARTINE, *Milly*.)

« L'r ne se lie jamais » (Littré).

Calme, il forçait l'essa*im* *in*visible et hideux

(HUGO, *Fin de Satan*.)

Nota. — Les hiatus agréables entre deux mots le
sont autant dans l'intérieur d'un même mot.

La remarque contraire s'applique aux hiatus fâcheux :

Voici ton heure, ô roi de Senn*aar*, ô chef

(LECONTE DE LISLE, *L'Oasis*.)

Il fut t*n*ut étonné d'ouïr cette co*h*orte

(LA FONTAINE, X, 14.)

M. Grammont remarque à ce propos que des mots
français d'origine savante : cohorte, cr*é*er, ou des
mots étrangers, contraires au génie de notre langue,
produisent un effet bizarre à l'oreille ; leur emploi
est souvent une preuve de mauvais goût, et toujours

1. Grammont, p. 284.

contraire à l'idiome propre et populaire de France.

En résumé, il ne faut proscrire des vers que les hiatus proprement dits, *aliàs* les hiatus qui se produisent entre deux voyelles de même ouverture buccale, entre la même voyelle deux fois répétée.

On peut faire exception à cette règle :

Pour produire un certain effet, quelque onomatopée, peindre un bruit qui s'interrompt pour recommencer ou qui se prolonge : comme le hennissement d'un cheval :

> A ces mots on cria *haro* sur le baudet
> > (La Fontaine.)

des bruits éclatants :

> La nu*ée* éclate ;
> La flamme écarlate
> Déchire ses flancs.
> > (Hugo, *Le feu du ciel.*)

pour exprimer un choc, une saccade, un mouvement répété, brusque ou simplement prolongé « suivant » que l'hiatus ressemble plutôt à un bégaiement » ou à un bâillement ».

> Puis malgré quelques heurts et quelques mauvais pas
> > (La Fontaine, X, 1.)

ou un effort suivi d'un arrêt brusque :

l'attelage qui monte péniblement la côte arrive sur la crête et s'arrête enfin :

> Après bien du travail le coche arrive *au haut.*
> > (La Fontaine, VII, 91.)

un mouvement prolongé :

Et bondis à travers la haletante orgie.

(HEREDIA, *Artémis.*)

l'expression d'interruption ou de prolongement :

Là le bruit de l'orgie ; — ici le bruit des fers

(HUGO, *Burgraves.*)

la séparation de deux idées en point de suspension :

Et Prométhée ! Hélas ! quels bandits que ces dieux !

(*Id., Le Titan.*)

une continuation du cri, ou la peinture de la peur haletante :

Il s'écrie. Il a vu la terreur de Némée.

(HEREDIA, *Némée.*)

la longueur du temps à cause de l'ennui, se manifestant par la prolongation du mètre au moyen de l'hiatus :

Aux yeux de l'Allemagne en proie à leur fureur.

(HUGO, *Burgraves.*)

l'immensité :

Regarde, avec l'orgie *immense* qu'il entraîne

(HEREDIA, *Ariane.*)

Faux cas d'hiatus.

Il est bon d'attirer ici l'attention sur un cas où l'on est tenté d'élider l'*e* muet, placé devant le mot *oui.* Or, ce mot est en réalité *wi* et commence par une consonne, le w anglais. Donc aucune voyelle ne peut s'élider sur *oui* ni être en hiatus avec l'initiale de ce mot.

Au XVIIe siècle on prononçait déjà *oui* ainsi et à cette époque ce mot était un monosyllabe :

Et ! c'est-à-dire oui ? Jaloux à faire rire ?
(MOLIÈRE, *Ecole des Femmes.*)

Antérieurement au xviie siècle, dans le langage archaïque, *oui* était dissyllabique. C'est dans ce sens que Molière a quelquefois élidé l'*e* devant ce mot. On en trouve des exemples dans *Amphitryon* et dans l'*Ecole des Femmes.*

C'est vous, seigneur Arnolphe ? — *Oui,* mais vous ? — C'est Horace [1]

Chez les poètes modernes on ne saurait excuser cet archaïsme ; « ils se sont laissé tromper par l'orthographe dans ce cas comme dans tant d'autres [2] » :

Je voudrais à mon tour te dire, s'il te plaît
Deux mots. — A l'épée ? Oui. — Veux-tu le pistolet ?
(HUGO, *Marion de Lorme.*)
Montfleury entre en scène ? — Oui, c'est lui qui commence [3].
(ROSTAND, *Cyrano.*)

1. Archaïsme conforme à l'usage établi quand ce mot était dissyllabe.
2. Grammont, p. 291.
3. « Il n'y a pas non plus d'hiatus dans le cas suivant :
Lui dit : Ce sont ici *hié*roglyphes tout purs
(LA FONTAINE, IX, 8.)

Le mot *hiéroglyphe* commence non par un i, mais par un jod (hébreu) : l'h n'est pas aspiré : on dit déz-ieroglyphes. »
(GRAMMONT.)

CHAPITRE TROISIÈME

LA RIME

La question de la rime est des plus complexes et si j'y reviens une fois de plus, c'est qu'il est nécessaire d'insister sur — je ne dirai pas des erreurs — mais bien des errements qui se sont propagés dans le clan des poètes et qui ont de nos jours, fort heureusement, de plus en plus tendance à disparaître.

Rime au moyen âge signifiait rythme et servait à fixer l'attention de l'oreille comme la lettre majuscule sert d'indication pour l'œil. Becq de Fouquières a dit avec raison que le plaisir que la rime procure à l'oreille « a sa source dans le sentiment d'ordre et de » régularité que nous fait éprouver la sensation de » la mesure ».

« L'harmonie et les rimes, disait Pontus de Tyard, » dans son *Discours sur la Musique,* l'harmonie et les » rimes sont presque d'une même essence. Sans le » mariage de ces deux, le poète et le musicien de- » viennent moins jouisseurs de la grâce qu'ils cher- » chent à acquérir. »

Ceci posé, et ce qu'on ne saurait trop approuver,

il faut bien convenir que toute rime n'étant, au dire
de Lancelot [1], « qu'un même son à la fin des mots »,
ne saurait être confondue avec les mêmes lettres. De
ce qu'il y a même son, en effet, il ne s'ensuit pas
qu'il y ait même lettre, car, ajoutait le même Lancelot « la rime n'étant que pour l'oreille et non pour
» les yeux, on n'y regarde que le son et non l'écri-
» ture : Ainsi *constans* et *temps* rime très bien ».

Je me demande dès lors pourquoi tant de poètes
s'acharnent à rimer pour les yeux, négligeant dans
la recherche de la précieuse rime, non seulement
de beaux effets poétiques, mais la source même de
l'inspiration.

Faut-il rappeler cette phrase de Clair Tisseur dans
ses *Observations sur l'art de versifier :* « La règle de
» la rime en rapport unique avec la prononciation a
» été exactement observée par les poètes du XVIe
» siècle. Ce n'est que peu à peu qu'on est arrivé au
» non-sens de la rime pour les yeux [2]. » Et plus loin :
« L'idée de rimer pour les yeux n'est pas moins
» plaisante que ne serait celle de peindre pour le nez. »

Mais allez donc faire entendre raison à des fana-
tiques décrétant que seuls ils détiennent la sacro-
sainte vérité !

Quelqu'un ne me disait-il pas, en lisant un jour
des vers où un singulier rimait par endroits avec un
pluriel : « Il faut laisser de telles fantaisies à Madame
de Noailles ! » Cette même catégorie de gens ne

1. XVIIe siècle.
2. p. 189.

voient, ne veulent voir dans l'admirable poète Henri de Régnier que l'auteur du recueil symboliste : *Aréthuse*, si beau pourtant, et s'empressent d'ignorer ses autres poèmes où toutes les règles de la prosodie classique sont observées, mais avec application fréquente de la rime en unique rapport avec la prononciation. De telle sorte que pour les dévots de la rime aux yeux, Henri de Régnier et Madame de Noailles ne seront jamais que des novateurs dangereux. Quel savant raisonnement ! et qu'en termes intelligents ces choses-là sont formulées !

Je ne veux pas rééditer ici ce que j'ai dit dans une autre étude de la rime[1], et j'aborde de suite la question de savoir comment deux mots riment ensemble.

Pour que deux mots riment ensemble, leurs voyelles toniques doivent avoir le même son, doivent être identiques.

Beaucoup de vers ne riment pas parce que les voyelles à la rime n'ont pas le même timbre. Exemple :

> C'est la musique éparse au fond du mois de m*ai*
> Qui fait que l'un dit : J'aime, et l'autre hélas? J'aim*ai*
> (Hugo, Petit Paul.)

Il n'y a pas de rime, car l'une des voyelles placées à la fin des mots est ouverte, et l'autre fermée.

Il en est de même des mots : sacr*é*, vr*ai* ; g*aie*, p*aie* ; plong*é*, g*eai* ; je v*ais*, mauv*ais* ; trôn*er*, couronn*er* ; chasse, châsse ; pâle, opale, etc.

---

1. Voyez *Considérations*, etc. (Champion).

L'homophonie des voyelles étant établie pour qu'il y ait rime, les assonances ne doivent pas être tolérées : v, g : verre d'*eau*, tomb*eau* ; *pain*, *main* ; sauf quand les vers riment deux à deux ; mais alors, elles sont préférables à une rime riche, chaque fois qu'il n'y a pas de raison « *pour mettre la rime particulièrement en relief* [1] ». Musset en offre de nombreux exemples, et c'est ce qui lui valut le mépris de toute une partie de l'Ecole Parnassienne ! Sa gloire d'ailleurs ne s'en porte pas plus mal !

> Oh ! maintenant, mon Dieu, qui lui rendra la vie ?
> Du plus pur de ton sang tu l'avais rajeunie...
> Tout ici, comme alors, est mort avec le temps,
> Et Saturne est au bout du sang de ses enfants.
>
> (*Rolla.*)

Un autre principe à retenir est celui-ci : Deux mots ne riment que si leur voyelle tonique est homophone, mais en outre s'il y a entre eux homophonie (même son) de toutes les consonnes prononcées suivant cette voyelle, ou, si la voyelle est finale, de la consonne précédente. Ainsi *tenir* rime fort bien avec *partir ; banni* avec *fini ; moi* avec *loi ;* Dana*é* avec Cl*oé* [2].

Une rime est dite riche quand elle présente l'homophonie d'un élément de plus que ceux signalés

---

1. Grammont, p. 294.

2. Dans cet exemple la consonne précédant la voyelle tonique ne s'écrit pas, mais elle existe, « c'est une sorte de souffle analogue à l'esprit doux des Grecs ».

(GRAMMONT.)

comme nécéssaires dans les cas précédents, mais non pas, comme on le dit communément, quand elle est *instituée par le même son de la consonne d'appui ou précédant la voyelle tonique.*

Exemple : *Bannir* et *finir* ; *partir* et *sortir* ; *noir* et *soir* (war) ; *Danaé* et *Pasiphaé.*

Comment se comporter pour la rime avec les consonnes suivant la voyelle tonique et *ne se prononçant pas ?* Faut-il en tenir compte ? Non. C'est ainsi qu'é-tran*ger* rime avec chan*gé* et chan*gés ; remords* avec *mort, cor, lord, fort.*

> Au métier où je tisse en fleurs qui leur ressemblent
> Dont les fils font trembler ma main qui les assemble.
> (H. DE RÉGNIER, *L'homme et les Sirènes.*)

Pour une raison identique les mots suivants riment parfaitement ensemble :

Tom*bant* et tur*ban ; toit* et *toi ;* pa*tron* et *tronc ; font* et bouf*fon ;* cra*paud* et *peau.*

Et c'est pourquoi il est ridicule de tricher sur l'orthographe afin de rendre la rime bonne à la fois pour l'œil et pour l'oreille.

> Votre gendre est affreux, mal bâti, mal tou*rné,*
> Marqué d'une verrue au beau milieu du *né.*
> (HUGO, *Le roi s'amuse.*)

L'oreille — avec l'orthographe correctement mise — aurait été satisfaite et la rime n'en eût pas été moins bonne.

N'oublions pas ces judicieuses paroles de Quicherat : « Notre poésie a conservé des règles méticuleu-

» ses de Malherbe [1] bien des entraves que la raison
» ne justifie pas. Si la logique avait présidé à l'éta-
» blissement des règles de la rime, toutes les con-
» sonances que l'oreille aurait déclarées pareilles,
» quelle que fût leur orthographe, auraient pu être
» associées. »

L'erreur de Victor Hugo ne consiste donc pas à
faire rimer *Londres* avec *confondre* qui offrent une
complète identité de son, mais à se croire obligé d'é-
crire *Londre* pour obéir aux lois pétantesques de
Malherbe. « Encores, disait Ronsard, je te veux bien
» admonester d'une chose très nécessaire ; c'est
» quand tu trouveras des mots qui difficilement re-
» çoivent ryme comme *for, char* et mille autres, ryme-
» les hardiment contre *fort, ord, accord, part, renart,*
» *art,* ostant par licence la dernière lettre *t* du mot
» *fort* et mettant *for'* simplement avec la marque
» de l'apostrophe [2] ; autant en feras-tu de *far'* pour
» *fard* pour le rymer avec *char*. Je voy le plus sou-
» vent mille belles sentences et mille beaux vers
» perdus par faute de telle hardiesse, si bien que sur
» *or* je n'y voy jamais ryme que *trésor* ou *or* pour
» *ores, Nestor, Hector,* et sur *char, César*. »

Loin de remettre en honneur le système de la rime
pour l'oreille, les prosodistes romantiques s'effor-

1. Voyez notamment son extraordinaire *Commentaire sur Des-*
portes.

2. La dernière prononciation ne tenant pas compte de la lettre
terminologique de ces mots, il n'y a par conséquent aucune nécessité d'en modifier la graphie.

cent de resserrer de plus en plus la camisole de force dont parlait Henri Heine.

J'ajoute que de toutes ces conventions faites pour l'œil aucune ne reste debout actuellement ; et quant à cette règle de *l's* que d'aucuns persistent à observer encore, à brève échéance elle disparaîtra, fortement battue en brèche par des poètes comptant parmi les meilleurs de la génération actuelle.

Comme l'a fait remarquer M. Guyau [1] les poètes modernes, malgré l'enrichissement considérable de notre langue, ont des rimes tellement uniformes que, le plus souvent, si l'on connaît l'une, on peut prévoir l'autre. Comment cette uniformité ne produirait-elle pas une monotonie de la pensée ?

« Rappelons que Victor Hugo lui-même, malgré
» son génie, tourne dans un cercle de mots bien
» souvent trop étroit : toutes les fois qu'il emploie le
» mot *juif*, il se voit forcé d'amener le mot *suif*
» pour avoir une consonnance parfaite ; *lueur* fait
» venir *sueur;* trop souvent aussi *tombeau* se lie à
» *flambeau, monde* à *immonde*, etc. Si l'on ajoute le
» rapprochement inévitable d'*arbre* et de *marbre*,
» seules rimes possibles, de *voile* et d'*étoile* ou *toile*,
» d'*aigle* et de *règle*, de *glauque* et de *rauque*, d'*astre*
» et de *désastre* ou *pilastre*, etc., on verra combien
» la pensée des poètes modernes est forcée de revenir sur elle-même, de se répéter, de se contourner
» pour se soumettre à des entraves souvent arbitrai-

1. *L'Esthétique du vers moderne.*

» res. Avec cette forme trop pauvre, il serait telle-
» ment difficile d'être original en vers, qu'on com-
» prend ceux qui cherchent l'originalité dans la
» fausseté des idées et des images, comme l'ont
» fait souvent Baudelaire et ses successeurs ; il y a
» un moyen suprême de tirer quelque chose de
» nouveau des vieux mots et des vieilles rimes, c'est
» de chercher entre eux des alliances impossibles et
» des rapprochements absurdes. »

Le poète supplée ainsi à son indigence en payant avec de la fausse monnaie.

Il faut aussi réagir contre l'idée tendant à ne pas faire rimer un mot, terminé par une voyelle ou une consonne ne se prononçant pas, avec un mot terminé par une consonne susceptible de se prononcer, si le mot est étroitement uni à ce qui suit.

En dernière analyse : « Lorsqu'un mot, terminé
» par une consonne qui ne se prononce pas à la
» pause, est lié de telle sorte avec le mot suivant
» qu'elle doive se prononcer, il ne peut rimer
» qu'avec un mot terminé par la même consonne se
» prononçant [1]. »

À défaut de cette règle, le poète ne fait que des vers sans rimes, comme Hugo rimant Auster*litz* ali-*bis ;* fourn*is* m*iss ;* R*eims* Alexandr*ins ;* Paph*os* f*aux ;* mour*ut* R*uth ;* jam*ais* M*etz ;* court*il* (se prononce courti) et pist*il ;* ou comme Larmartine : gl*issent* et g*isent ; mer* et ai*mer.*

---

1. Grammont, p. 298.

Je disais plus haut qu'habituellement la rime suffisante est préférable à la rime riche ; celle-ci ne doit,
du reste, jamais être trop riche ; si l'homophonie
dépasse deux syllabes, le poète semble faire des jeux
de mots et le poème perd sa valeur. Exemple : tap*is*,
rimant dans T. Gautier, avec les petits pieds ta*pis* ;
d*éserts*, dans Lamartine, rimant avec *des airs* ; *tombe*,
dans Musset, avec *tombe*.

Le chansonnier Emile Debraux a montré l'inanité
de la consonne d'appui dans le couplet suivant, rimé
aussi richement pour l'œil que pauvrement pour
l'oreille :

> On voudrait que je répétasse
> Pour obtenir un bon billet ;
> Alors, on remplirait ma tasse
> D'un vin plus sucré qu'aigrelet.
> Mais qu'on m'approuve ou me contrôle,
> J'ai mis tous mes livres en tas,
> Et j'aime mieux, sur ma parole,
> Les livres que tu m'apportas.

Par contre, le couplet suivant, quoique incorrect à
l'œil, lui semble bien rimé pour l'oreille :

> Plus d'un aveugle, au sommet du Parnasse,
> Fit retentir de sublimes accords ;
> On peut citer, parmi ceux qui s'y placent,
> Milton, Homère, et puis d'autres encor.
> Que font aux sourds les accents que soupirent
> Les favoris des immortelles sœurs ?
> Juge éclairé des enfants de la lyre,
> L'oreille seule en connaît la valeur.

« Il est difficile, dit M. Quicherat, de faire avec

» plus d'esprit, une critique plus fondée. Notre
» poésie a conservé, des règles méticuleuses de
» Malherbe, bien des entraves que la raison ne justifie
» pas. Si la logique avait présidé à l'établissement
» des règles de la rime, toutes les consonnances
» que l'oreille aurait déclarées pareilles, quelle que
» fût leur orthographe, auraient pu être associées. »

M. Ch. Thurot termine son savant ouvrage sur la
prononciation française depuis le commencement du
XVIᵉ siècle, en exprimant le regret « que les Cor-
» neille, les Molière, les La Fontaine, les Racine,
» les Boileau aient assujetti leur génie à associer
» des mots dont la terminaison avait la même ortho-
» graphe, et se soient privés, ainsi que leurs suc-
» cesseurs, d'en associer d'autres, qui, ne s'impri-
» mant pas de même, faisaient des rimes excellentes ».

Quand on s'incline devant des superstitions aussi
ridicules, est-on bien venu à prétendre que l'on se
trouve en possession d'un vers tout différent du vers
classique, d'un instrument puissant et souple, élas-
tique et résistant ? En réalité, on peut dire de Victor
Hugo ce que M. de Banville disait de Corneille, de
Racine, de Molière et de La Fontaine : qu'à force de
génie ils ont fait des chefs-d'œuvre immortels, bien
qu'ils n'eussent qu'un mauvais outil à leur disposition. Au lieu de chercher, comme les anciens métri-
ciens, à constituer un langage des Dieux tout différent de celui des hommes, les romantiques ont borné
leur modeste ambition à rapprocher le vers de la
prose par la dislocation de l'alexandrin, au moyen de

l'enjambement et de la césure mobile ; *l'anarchie dans la mesure et la tyrannie dans la rime sont devenues ainsi les deux pôles de la poésie française.* C'était faire beaucoup de bruit pour rien. A quoi bon dès lors se donner l'inutile peine de versifier ? De l'héritage du passé, ces grands tranche-montagnes ont répudié tout ce qui donnait au vers une empreinte caractéristique ; mais ils ont gardé comme des reliques la proscription de l'hiatus et les défigurations de l'orthographe et de la prononciation. Il n'est pas malaisé de comprendre qu'en présence de ce monstre hybride, Henri Heine ait reculé d'épouvante et qu'il se soit écrié :

> Je mourrais pour la France ; mais...
> Faire des vers français, jamais [1] !

M. Gaston Paris ajoute ce commentaire aux paroles de M. Thurot : « N'y aura-t-il donc chez nous que
» les savants, qui, pour la prononciation comme
» pour l'orthographe, s'affranchissent des préjugés
» prétendus scientifiques, et la hardiesse d'un Qui-
» cherat ou d'un Thurot n'amènera-t elle pas un
» poète à essayer une réforme qui rendrait à notre
» poésie une vie nouvelle, la ferait comprendre de
» la nation entière et mériterait les applaudisse-
» ments de tous ceux qui savent l'histoire de la lan-
» gue et ne se figurent pas avoir reçu au collège, sur
» ces matières, une révélation auguste dont il est

---

1. Guilliaumin, *Le Vers français et les Prosodies modernes.*

» criminel, ou qui pis est, ridicule, de vouloir chan-
» ger ou même examiner les dogmes ? »

C'est à peu près le vœu que formulaient Sibilet et
Pasquier après l'effondrement du vers métrique.
Fasse le ciel qu'aux grenouilles qui demandent un
roi, Jupiter n'envoie pas un second Malherbe [1] !

Variété des rimes.

La question de la variété des rimes est importante.
L'alternance a été décrétée, je ne sais trop pourquoi,
au XVIe siècle, et depuis, la poésie est restée — sauf
peu d'exception — fidèle à cette règle. Il faut dire
aussi, qu'à l'origine, en alternant les rimes, on avait
voulu réagir contre la monotonie résultant de l'emploi des rimes ou toutes masculines ou toutes féminines.

Mais cette alternance des rimes masculines et féminines, primitivement admise, est absurde aujour-
d'hui. Les poètes actuels qui n'ont plus observé cette
règle ont eu raison : leur tort est d'user au hasard
de l'une ou l'autre rime. Le hasard ne fonde jamais rien en matière artistique. Le règlement de
l'alternance était fondé, à l'origine, en grande partie
sur le désir d'éviter l'assonance — la prononciation
étant alors toute différente de ce qu'elle est devenue.
La règle aurait dû changer en même temps que la

1. *Ibid.*

langue. On a continué de considérer comme rimes féminines toutes les finales achevées par un *e* muet, et masculines les autres. C'était exact quand l'*e* se prononçait à la fin des mots. De nos jours l'*e* ne se prononce plus : tout le monde est, je pense, d'accord sur ce point. En sorte qu'il n'y a plus de différence sensible entre ba*garre* et hasa*rd*; dé*cor* et en*core*.

L'abbé d'Olivet disait au xviii° siècle : « Nous écri-» vons *David* et *avide*, un *bal* et une *balle*, un *pic* » et une *pique*, le *sommeil* et il *sommeille*, mor*tel* et » mor*telle*, etc. Jamais aveugle de naissance ne » soupçonnerait qu'il y ait une orthographe diffé-» rente pour ces dernières syllabes, dont *la dési-» nence est absolument* la même. »

La règle ancienne, basée sur la prononciation an-cienne, tombe par cela même que la prononciation est modifiée.

S'ensuit-il de là que toutes les finales sont aujour-d'hui masculines — l'*e* ne se prononçant pas ? Ce serait un singulier paradoxe. *Chante* était dit rime féminine parce que ce mot avait un *e* final comme la plupart des mots féminins. « Or, la plupart des » mots terminés par un *e* muet finissent dans la pro-» nonciation après la chute totale de cet *e*, par une » consonne [1]. »

Ces mots constituent aujourd'hui les vraies rimes féminines et tous les mots qui dans la prononciation finissent par une *voyelle* sont des rimes masculines.

1. Grammont, p. 303.

Comme preuve de cette remarque le peuple féminise habituellement les mots suivants terminés par une consonne : Air : l'*air est fraîche;* centim(e); la moustiq(ue); sulfat(e); légum(e). Il masculinise, au contraire, les mots terminés par une voyelle comme en*trée* qu'il écrira souvent *entrer:* l'*entrer* de la promenade.

Et c'est ainsi que la pièce de *Verlaine* rime fort bien.

> C'est le chien de Jean de Nivelle (fém.),
> Qui mord sous l'œil même du guet (masc.)
> Le chat de la mère Michel (fém.);
> François les Bas-bleus s'en égaie (masc.).
>
> (*Romances sans paroles*)

Ici, il y a alternance de rimes, mais pas dans l'ordre voulu par le poète : Ainsi les rimes féminines sont la première et la troisième ; la deuxième et la quatrième sont masculines.

Dans la strophe suivante de Lamartine, les vers sont tous rimés fémininement, sans que le poète s'en soit aperçu, ou il eût alors corrigé cette monotonie.

> Ainsi quand tu fonds sur mon âme,
> Enthousiasme, aigle vainqueur,
> Au bruit de tes ailes de flamme
> Je frémis d'une sainte horreur ;
> Je me débats sous ta puissance,
> Je fuis, je crains que ta présence
> N'anéantisse un cœur mortel,
> Comme un feu que la foudre allume,
> Qui ne s'éteint plus et consume
> Le bûcher, le temple et l'autel.
>
> (*L'Enthousiasme.*)

« Ce qu'il y a de plus beau dans les observances
» qui ont été léguées par l'usage, c'est que ils *es-*
» *saient,* ils *paient* constituent une rime féminine, tan-
» dis qu'ils s'*élevaient,* ils se *mouvaient* font une rime
» masculine, parce que ces derniers sont des im-
» parfaits [1]. »

Que faut-il retenir de ces remarques ? Pas autre
chose que le principe suivant : *Les anciennes rimes
féminines, terminées par une voyelle $+$ e, sont devenues
masculines ; les anciennes rimes masculines, terminées
par une consonne qui a continué à se prononcer, sont
devenues féminines.* En dehors de ces cas l'ancienne
classification peut et doit être conservée.

Plusieurs passages de *Rolla* peuvent passer pour
un modèle d'alternance de rimes féminines et masculines et il faut reconnaître qu'elle produit un effet
délicieux.

Néanmoins, il y a des cas où on peut employer ex-
clusivement l'une ou l'autre rime.

Des effets de douceur et de monotonie ne s'obtiennent que par la laisse monorime masculine et surtout féminine. Verlaine, qui fut un vrai poète et non
un décadent (c'est si vite fait de jeter le discrédit
sur une œuvre quand on ne l'a pas ou qu'on l'a mal
lue), Verlaine a obtenu ainsi des effets exquis :

> Les donneurs de sérénades
> Et les belles écouteuses
> Échangent des propos fades
> Sous les ramures chanteuses.
>
> (*Mandoline.*)

1. Grammont, p. 303.

Toute la pièce serait à citer, comme la suivante en rimes masculines :

> Calmes dans le demi-jour
> Que les hautes branches font,
> Pénétrons bien notre amour
> De ce silence profond.

Un défaut à éviter dans l'emploi des rimes successives, c'est leur dissonance qui est, de par son uniformité, fastidieuse.

> Jamais Iphigénie, en Aulide immolée,
> N'a coûté tant de pleurs à la Grèce assemblée,
> Que dans l'heureux spectacle à nos yeux étalé
> En a fait sous son nom verser la Champmêlé.
>
> (Boileau.)

On peut néanmoins enfreindre cette règle pour peindre précisément la monotonie.

> Souvenir, souvenir, que me veux-tu ? L'automne
> Faisait voler la grive à travers l'air atone
> Et le soleil dardait un rayon monotone
> Sur le bois jaunissant où la brise détonne.
>
> (Verlaine, *Poèmes saturniens.*)

On obtient aussi cet effet par la répétition intermittente de rimes assonant entres elles. Les *Poèmes saturniens* sont remplis d'exemples de ce genre, et aussi les *Romances sans Paroles*.

La rime répétée, par l'uniformité de ses consonances, module et varie un thème et la rime suit, en quelque sorte, les insistances de la même idée :

> Ce ne sont point des badinages.
> Le moi que j'ai trouvé tantôt
> Sur le moi qui vous parle a de grands avantages :

Il a le bras fort, le cœur haut :
J'en ai reçu des témoignages ;
Et ce diable de moi m'a rossé comme il faut :
C'est un drôle qui fait des rages.

(MOLIÈRE, Amphitryon, II, 1.)

Les mêmes rimes, reproduites dans le même ordre, insistent sur le parallélisme de deux développements ; ou bien mettent en valeur des faits analogues, des énumérations d'idées ; ou encore servent à appuyer sur une seule idée.

On insiste par la rime en répétant le même mot :

... On le fera passer pour cornes
Dit l'animal craintif, et *cornes* de li*cornes*.

(LA FONTAINE.)

On insiste aussi en mettant à la rime des rappels de sons et les répercutant dans l'intérieur du vers :

Et cette triste nuit, nuit de mort, — la dernière, —
Celle où l'agonisant fait encor sa prière
Quand sa lèvre est muette, — où, pour les condamnés !
Tout est si près de Dieu que tout est pardonné,
Il venait la passer chez une fille infâme.

(MUSSET, Rolla.)

Parfois, quand il s'agit d'un long développement, on peut employer plusieurs séries de rimes assonant entre elles ou se rappelant [1].

---

1. Voyez la pièce de Hugo intitulée : *Le Détroit de l'Euripe*, caractéristique à cet égard. M. Grammont l'analyse remarquablement p. 315-316. Voyez aussi p. 317-318 ses considérations sur : *Quelqu'un met le holà.* (HUGO.)

TROISIÈME PARTIE

L'HARMONIE

Le rythme poétique provient d'un besoin de notre intelligence tentant d'introduire la lumière et l'eurythmie dans les phénomènes qu'elle envisage. Il provient, non de la vie physique, mais de l'esprit qui l'adapte à son usage. C'est une forme imposée au langage par ce que les Anglais nomment : *the mind*, l'esprit. Les sentiments exprimés en vers ont quelque chose de rationnellement régulier qui provient du rythme.

M. Combarieu a dit justement[1] : « Appliqué aux

1. *Les rapports de la musique et de la poésie.* M. Combarieu insiste aussi sur le caractère rationnel et subjectif du rythme. « La fixation au chiffre maximum 6 du nombre des syllabes » composant les groupes symétriques du vers est le résultat d'un » compromis entre la raison, qui organise le mouvement de la » parole et notre sensibilité naturelle qui limite cette organi- » sation, afin de la mieux saisir, à l'emploi de certaines quan- » tités... Cette réalisation particulière de l'idée d'ordre crée le » plaisir en diminuant l'effort de perception ; elle flatte notre

6

» choses de l'âme le rythme signifie : apaisement et
» harmonie des passions, eurythmie complète, équi-
» libre parfait de l'âme qui, jouissant du concert des
» facultés, se sent heureuse. »

Elle provient de la correspondance des voyelles groupées ensemble. L'oreille, sans qu'elle le sache, réunit les voyelles et compare leurs groupes entre eux.

Le principe fondamental consiste à introduire la plus grande variété possible dans la succession des sons qui forment les syllabes[1], conformément au principe de Braunschvig voulant qu'on maintienne une proportion normale entre les voyelles et les consonnes[2].

Qu'on entende bien qu'il ne s'agit pas ici d'harmonie imitative, c'est-à-dire de ce rapport, de cette correspondance plus étroite entre les mots et les choses par la reproduction des bruits naturels au moyen des mêmes lettres : consonnes (allitération), ou voyelles (assonance).

L'harmonie imitative, comme le rejet d'ailleurs, contredit, la plupart du temps, aux lois du rythme et ne produit d'heureux effets qu'à condition qu'on en mésuse pas.

» sens esthétique, puisque l'ordre est une des conditions du
» beau ; elle flatte vaguement notre sensibilité, puisque l'ordre
» est un résultat de la convenance qui est, elle-même, une con-
» dition de la sympathie. »

1. Martinon.
2. Cf. *Le Sentiment du Beau.*

Dans l'harmonie, comme il faut l'entendre ici, il ne s'agit pas non plus de spontanéité. L'onomatopée n'y joue aucun rôle. L'allitération chronique ou fréquente n'engendre qu'une poésie pénible et antinaturelle.

L'harmonie figurative, au contraire, peint par des mots tout autre chose que le bruit.

Certains rejets, certaines coupes de mètres, la longueur ou la brièveté des vers peuvent atteindre à ce résultat. Nous touchons ici à une question d'art et les préceptes ou les conseils ne sont guère faciles à donner.

Cependant quelques considérations générales trouveront leur place ici.

Quand les groupes de voyelles se correspondant, se suivent sans arrêt ou sont disposés symétriquement, l'oreille qui perçoit leur correspondance est satisfaite et le vers harmonieux. S'il n'y a pas de correspondance, le vers manque d'harmonie et si les groupes se correspondant ne sont pas disposés avec symétrie, l'oreille ne percevant qu'avec difficulté leurs rapports entre eux, le vers devient dès lors insuffisamment harmonieux.

L'oreille seule détermine les groupes. Elle sera guidée dans ce travail par les divisions marquées du vers, divisions dues aux césures ou coupes, aux accents toniques ou rythmiques.

Il suit de là que l'harmonie est d'autant plus grande qu'elle se saisit plus facilement. En conséquence : les vers les plus harmonieux seront les vers dont les groupes de voyelles et les groupes de syllabes marqués par le rythme seront simultanés.

. M. Grammont étudie longuement cette question. Il partage les voyelles en groupes divers : Il nomme ceux de deux voyelles : les *diades ;* ceux de trois : les *triades ;* les groupes de quatre : les *tétrades ;* les groupes de six : les *hexades* et il établit les règles suivantes avec exemples à l'appui :

1) *Vers en triades.*

Leur harmonie est d'autant plus grande

a) Que leurs triades se correspondent en ordre direct :

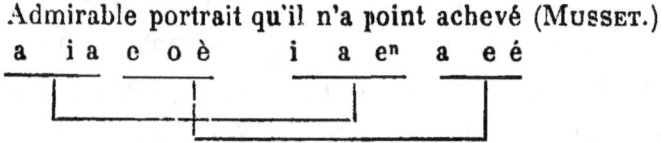

La Floride apparut sous un ciel enchanté (HEREDIA.)

b) Qu'elles se correspondent deux à deux (comme les rimes croisées) :

Admirable portrait qu'il n'a point achevé (MUSSET.)

c) Qu'elles se reproduisent au lieu de s'opposer et se correspondent comme des rimes embrassées : la première à la quatrième, la seconde à la troisième :

Tout m'afflige et me nuit et conspire à me nuire.

(RACINE, *Phèdre.*)

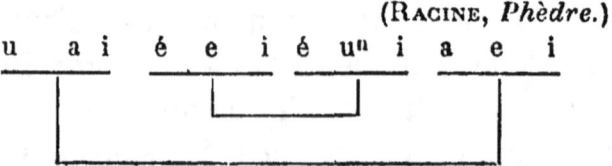

d) Que l'harmonie est décomposable en un plus grand nombre de systèmes.

2) *Vers en diades.*

Leur harmonie provient de la plus ou moins grande correspondance de leurs éléments dans un ordre plus simple et plus régulier :

Nos nuits, nos belles nuits ! nos belles insomnies
(MUSSET, *Don Paez.*)

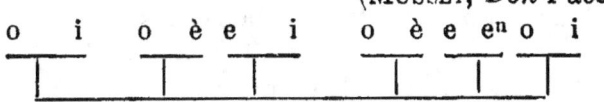

3) *Vers en tétrades et en hexades.*

Ces vers sont des vers en diades dont les éléments remplissent certaines conditions de groupement et de correspondance.

Les tièdes voluptés des nuits mélancoliques.
(MUSSET, *Tétrades.*)

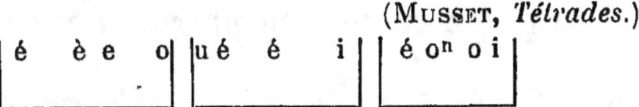

Les hexades sont ceux dans lesquels les deux hémistiches se correspondent par reproduction, par opposition, en ordre direct ou en ordre inverse :

Quelques croix de bois noir sur un tombeau sans nom.
(MUSSET.)

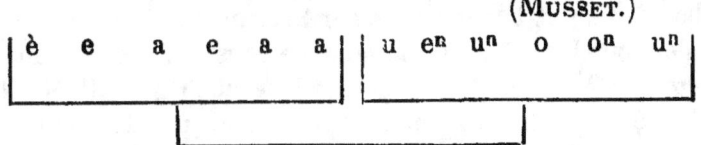

4) *Vers en diades et triades combinés.*

Leur harmonie est très grande.

Voici la verte Ecosse et la brune Italie (Musset.)

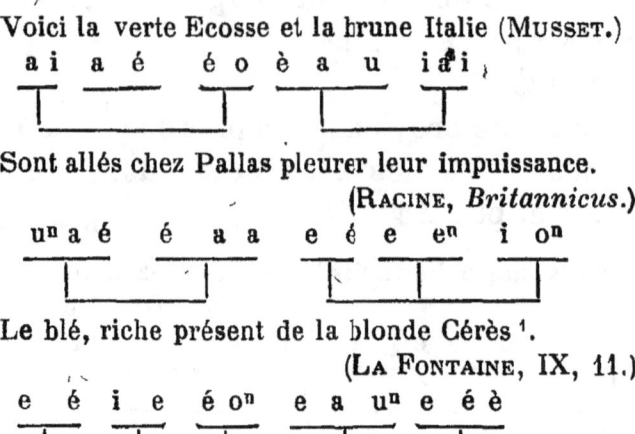

Sont allés chez Pallas pleurer leur impuissance.
(Racine, *Britannicus*.)

Le blé, riche présent de la blonde Cérès [1].
(La Fontaine, IX, 11.)

Je donne ici les considérations de M. Guilliaumin préliminaires à sa théorie du vers rythmique :

« La mesure et la rime sont les deux manifestations, » les deux marques distinctives de la poésie. A » moins de dégénérer en jeu puéril, la rime elle-

---

1. L'auteur a soin d'ailleurs de prévenir le lecteur qu'il est nécessaire, pour se mettre en état d'apprécier l'harmonie d'un vers de s'exercer, la plume à la main, sur mille vers, et sur mille autres vers à l'aide de l'oreille seule. C'est alors « que » l'éducation de cette dernière sera suffisante pour qu'il saisisse » du premier coup le degré d'harmonie d'un vers ». Je renvoie à ce que M. Grammont dit des vers peu harmonieux, ou dépourvus d'harmonie ; et à son étude sur l'harmonie chez Racine, Hugo ; le décasyllabe de La Fontaine et de Musset ; l'octosyllabe de ces mêmes poètes ; et enfin l'hexasyllabe et l'heptasyllabe. Il a des considérations très savantes et des remarques dont chaque poète peut faire son profit, pour peu qu'il ait le désir de s'instruire, car nous n'en sommes plus au temps où les questions prosodiques faisaient horreur aux poètes et n'étaient réservées qu'aux seuls savants.

» même n'est qu'une manière de souligner la mesure
» du vers.

» Dans les langues classiques de l'antiquité, la
» mesure résultait de la division des syllabes en
» longues et en brèves, marquées resp~~tivement
» par les signes - et ᴜ. La quantité ayant disparu des
» langues modernes, la même division s'opère entre
» les syllabes fortes et les syllabes faibles. Cette dis-
» tinction une fois établie, il n'y a pas d'inconvé-
» nient à conserver les anciens signes de quantité
» comme signes d'intensité, indiquant les syllabes
» fortes et les syllabes faibles [1].

» Le rythme du vers est le mouvement des mots,
» l'alternance des syllabes accentuées et des syllabes
» non accentuées. Cette alternance étant inhérente à
» la langue et se produisant dans tous les mots ou
» groupes de mots, la prose a aussi son rythme ;
» seulement, il est dépourvu de mesure, tandis que
» celui de la poésie, est régulier, périodique.

» L'accent rythmique, simple renforcement du
» son, n'affecte pas plus l'intonation que la durée ;
» il n'a rien de commun avec le diapason ni avec le
» métronome ; il est purement dynamique. Le nom
» de *tonique*, sous lequel on l'a désigné, n'est propre
» qu'à faire supposer le contraire, en portant à croire
» qu'il modifie le *ton*, le degré d'élévation de la voix.

» La dernière syllabe sonore d'un mot ou d'une

1. En cela je ne suis pas d'accord avec M. Guilliaumin. Le
vers français est, à mon sens, dépourvu de longues et de brèves, puisque l'accent placé sur les syllabes est uniforme.

» phrase est la seule qui jouisse de la prérogative
» d'avoir une accentuation invariable.

» Deux syllabes fortes qui se rencontrent sont
» destructives du rythme ; elles produisent un choc
» blessant pour l'oreille :

> » Les *loups mangent* gloutonnement
> » Vive le *roi ! Vive* la ligue !

» Lorsque, au contraire, les syllabes fortes sont
» trop éloignées l'une de l'autre, le rythme cesse
» d'être appréciable. C'est pourquoi les mots d'une
» certaine longueur reçoivent plusieurs accents :

> J'aime su*perbement* et *magnifiquement*.

» La dernière syllabe étant accentuée, il s'ensuit
» que la pénultième ne l'est pas. Toute terminaison
» disyllabique, masculine ou féminine, se présente
» donc sous la forme : de*main*, en*semble*, je *pars*, je
» *trem*ble. L'antépénultième peut être :
» 1° Accentuée : le *lende*main ; le *sort* cruel ; mon
» espé*rance*.
» 2° Désaccentuée : Heu*reux* lende*main ; jour* d'es-
» pé*rance*.
» Dans l'un ou l'autre cas, nous arrivons, en sui-
» vant cette marche régressive, à un second accent
» qui ne pourrait être renvoyé plus avant ; car une
» succession de quatre syllabes, telles que : L'*heure*
» qui s'a-*vance, père* infortu-*né*, serait divisée en
» deux fois deux : L'*heure qui* s'a-*vance, père* in-
» *for*tu-*né*. D'où la règle générale :

» Entre deux syllabes fortes, il doit y avoir une
» syllabe faible au moins et deux au plus. »

Comme je le disais plus haut, il me semble que nous
touchons ici au domaine de l'art pur et que préceptes
et conseils sont sinon superflus, du moins bien diffi-
ciles à formuler.

QUATRIÈME PARTIE

CONCLUSION

L'harmonie, on le voit, n'est donc pas autre chose que le jeu des voyelles se correspondant, non pas une à une, mais en groupes.

Les moyens d'expression sont tous des effets de contraste.

Dans le rythme les mesures lentes ou rapides se remarquent parce qu'elles diffèrent de la moyenne des autres mesures. Le trimètre romantique diffère du tétramètre classique ; le poème en vers libre, avec ses perpétuels changements de mètres, n'est qu'un ensemble de contrastes.

Les sons, les voyelles, les consonnes ne sont expressifs qu'à cause de leur répétition.

Les effets ne s'obtiennent et ne proviennent que des contrastes mêmes.

Mais l'emploi des moyens expressifs n'est d'ailleurs artistique qu'à condition de n'être pas exagéré.

L'abus de certains procédés d'expression nuirait énormément à l'harmonie des vers.

C'est au poète à faire le départ exact entre les diverses manières s'offrant à lui d'exprimer sa pensée. Le tout est de choisir les effets les plus aptes à rendre l'idée, à s'en servir dans la proportion exacte où cette idée les comporte et d'éviter avec soin ces mêmes effets quand la pensée s'y oppose.

Il résulte de là que le poète doit souvent se corriger. L'inspiration ne suffit pas pour produire un chef-d'œuvre ou — ce qui est bien suffisant déjà ! — une belle œuvre, si l'effort ne vient aider à l'élaboration de l'esprit. Virgile a corrigé ses vers sans arrêt. La forme définitive des fables de La Fontaine, cette admirable harmonie qui prête l'apparence de la réalité aux récits des événements imaginaires dont il se donne intérieurement la vision, n'a été atteinte qu'après des retouches ne laissant, parfois, pas subsister un vers du texte primitif. Hugo, P. et V. Glachant l'ont surabondamment montré, n'a cessé de reprendre, de biffer, de développer ses poèmes. Le grand Ronsard, dans les éditions successives de ses œuvres, a toujours retouché ses vers [1].

Somme toute, plus on reprendra une œuvre, plus la forme naîtra irréprochable. Saint-Saëns affirmant qu'il n'y a pas de recettes pour faire les chefs-d'œuvre [2], a voulu dire que le travail, — et le travail

1. Brunetière, *Histoire de la littérature française*, t. I, 2ᵉ partie, p. 323 et sq.
2. *Harmonie et Mélodie.*

acharné, — devait seconder l'inspiration, la soutenir
et l'amener à sa perfection.

Du reste chaque poème a ses effets propres et « il
» est évident qu'il ne peut être question, dans un
» poème en vers de forme fixe, des effets que l'on
» obtient dans une pièce en vers libres par les chan-
» gements de mètres [1] ».

Pour ne nous occuper ici que de l'alexandrin et
résumer ce qui a été dit à son sujet, il n'était, au
XVIᵉ siècle, qu'un vers de douze syllabes à deux
membres de six, séparés par une pause ou césure. La
voix se suspendait à la sixième syllabe ; aucune autre
subdivision, aucune autre cadence n'étaient intro-
duites dans les différentes parties de ce mètre.

Ce vers se trouvait dès lors dépourvu de tous les
moyens d'expression possibles par le mélange des
divers éléments rythmiques.

Un tel mètre était sans harmonie et l'on comprend
que Ronsard trouvât que l'alexandrin ressemblait à
la prose et n'était guère utilisable que pour les traductions « auxquelles, à cause de leur longueur, il
» sert de beaucoup pour interpréter le sens de l'au-
» teur ».

Le chef de la Pléiade disait encore de ce vers :
« Il est trop énervé et flasque. Au reste il a trop de
» caquet, s'il n'est bâti de la main d'un bon artisan ».

C'est ce qui explique le peu de succès de l'alexandrin, jusqu'au XVIIᵉ siècle. Car ce moule de douze

1. Grammont, p. 397.

syllabes était, de par son atonie même, destiné à des remplissages quelconques, la liberté dans l'intérieur d'un hémistiche facilitant l'introduction des mots les moins poétiques.

Ronsard, qu'on a critiqué du mauvais emploi qu'il a fait de l'alexandrin au cours des pièces qui, comme ses *Epîtres*, ressemblent parfois à des lettres en prose facile, Ronsard doit être lavé d'un tel reproche. Il ne connaissait que l'alexandrin de son temps et ne pouvait l'amener à une forme que ce vers devait atteindre un siècle plus tard, « les évolutions ne se devançant pas [1] ».

Mais, sans que se l'imaginât le chef de la Pléiade, ce mètre, sous sa plume — quand le poète s'indigne ou s'émeut — comme sous celle d'Agrippa d'Aubigné, de Mathurin Régnier et principalement de Malherbe, j'ajoute même de Desportes et Bertaut, se modifiait lentement. Voici pourquoi.

L'alexandrin avait fréquemment d'autres accents toniques aussi importants que celui de la sixième et de la douzième syllabes. La plupart du temps on trouvait un autre accent tonique dans l'intérieur de chaque hémistiche.

L'accent tonique terminant les hémistiches était mis spécialement en relief en raison de la pause qui les suivait. Mais quand, ce qui arrivait nombre de fois, la pause de la césure était très minime, parce que le dernier mot du premier hémistiche était syn-

1. Grammont.

taxiquement uni d'une façon étroite au premier mot
du second hémistiche, alors l'accent de la sixième syllabe se trouvait relativement faible. En conséquence,
très souvent, un accent secondaire avait la même
force que l'accent (appelons-le *primaire*) de la
sixième syllabe ou était suivi d'une pause aussi
marquée que celle de la césure, comme dans ce vers
d'A. d'Aubigné :

> Toi, Seigneur, qui abats, qui blesses, qui guéris

dans lequel l'accent tonique du mot *blesses* est d'une
force égale au mot *abats* terminant le premier hémistiche ; et le mot *Seigneur* est plus fort assurément
que ce même mot *abats*.

Peu à peu les poètes reconnurent l'existence de
ces accents secondaires et comprirent quels effets ils
pouvaient en tirer.

C'est ainsi qu'au xvii° siècle : « l'alexandrin était
» devenu un vers de douze syllabes avec une césure
» fixe après la sixième, deux accents toniques fixes
» à la sixième et à la douzième et *deux accents secon-*
» *daires à place variable dans l'intérieur de chaque hé-*
» *mistiche* [1] ».

La grande majorité des vers classiques sont cons-
truits ainsi : partagés en deux parties par la césure
et en quatre par les accents toniques. Cette division
en quatre morceaux caractérise l'alexandrin à l'époque classique.

A vrai dire les poètes du xvii° siècle ne se rendi-

1. Grammont.

rent jamais un compte très net de l'état de ce mètre
à ce moment.

Malherbe n'a certainement pas remarqué cette disposition prosodique. Mais Corneille et Racine, quand
on examine certaines de leurs œuvres, comme
Horace ou *Phèdre,* paraissent bien avoir compris le
parti à tirer de l'alexandrin ainsi modifié. Chez ces
poètes, en effet, les accents secondaires, aussi forts
parfois que l'accent de la sixième syllabe, deviennent
presque égaux en importance à l'accent rythmique.
Dès ce moment, l'alexandrin s'offre sous la forme
d'un vers rythmé en général à quatre mesures. Ses
quatre divisions l'ont rendu ferme et lui ont donné
cette netteté qui est la grâce même du vers classique.

On peut le soumettre alors aux cadences les plus
variées et aux divers moyens d'expression que j'ai
passés en revue dans le courant de cette étude.

Pourtant si nous sommes loin du moment où Ronsard le qualifiait « d'énervé et flasque », il faut remarquer que l'alexandrin est en même temps sujet à
cette contradiction : il se présente, en effet, comme
syllabique et rythmique ; syllabique, car le nombre
des syllabes est fixe ; rythmique, car ses accents le
sont, bien que leur nombre puisse être différent de
celui des syllabes.

Le XVIIIᵉ siècle, avec sa pénurie de poètes, plagie la
versification classique. Mais le vers évolue quand
même, en ce sens qu'avec André Chénier nous trouvons un poète renouvelant, pour ainsi dire, les procédés de l'alexandrin.

L'École romantique arrive et modifiant le vers classique, crée un type nouveau sur lequel il a été longuement insisté en temps voulu [1]. Dès lors l'élément rythmique, introduit subrepticement dans l'alexandrin au XVIIᵉ siècle, prédomine. Le nombre des syllabes ne change pas ; mais la césure entre les deux hémistiches est souvent à peine indiquée, ou du moins très faible, ou même absolument nulle dans le trimètre proprement dit. Les deux accents secondaires sont devenus aussi importants que celui de la sixième syllabe, et le trimètre, lui, ne présentera plus sur cette syllabe qu'un accent tonique sans accent rythmique.

Le vers classique subsiste toujours. Il a, comme le vers romantique, le même nombre de syllabes, mais il n'est pas rythmé de la même manière. Le poète classique ne s'apercevait qu'obscurément du rythme de son alexandrin ; le romantique en a une absolue conscience. C'est pourquoi : « une pièce romantique, » étant composée de vers rythmés différemment, » est susceptible de divers moyens d'expression » fondés sur les changements de rythme examinés » plus haut [2] ».

Hugo a toujours conservé la césure de l'hémistiche *sur le papier*. Pour lui la sixième syllabe doit avoir

1. Voyez aussi *Revue des langues romanes*, t. XLVI, pp. 5 et sq. M. Grammont y prétend que la versification romantique est sortie de la versification classique par la fusion du vers de la comédie avec celui de la tragédie.

2. Grammont, 401. Voyez aussi le début de cette étude.

un léger accent tonique ; et la septième ne doit pas comprendre un *e* muet féminin faisant partie du même mot que la sixième.

Mais les successeurs de Hugo ont réalisé cette réforme nouvelle à savoir : de supprimer toute séparation de mots après la sixième syllabe, tout en maintenant un accent tonique — même secondaire — sur cette syllabe.

> Tenez | à la premi | ère du Cid | j'étais là.
>
> <div align="right">(Rostand, <i>Cyrano</i>.)</div>

Il y a là un tétramètre très bien rythmé.

> Empanaché | d'indépendance | et de franchise
>
> <div align="right">(<i>Id.</i>)</div>

Ce trimètre, avec un accent tonique secondaire sur la sixième syllabe, est absolument le même — sauf sur le manuscrit — que celui de Hugo :

> Elle est la terre, elle est la plaine, elle est le champ,

Elle est la plaine ne formant qu'une seule expression métrique avec un accent secondaire sur *est*.

Il n'y a plus qu'à supprimer à la sixième syllabe l'accent secondaire pour atteindre la dernière étape :

> Dans chacune de vos exécrables minutes...
> Comme des merles dans l'épaisseur des buissons...
> De ses enfants et de la royale femelle...
>
> (Leconte de Lisle).

Tous ces vers ont l'accent secondaire sur la septième syllabe.

Dès ce moment, les poètes peuvent disposer, dans un même poème :

De l'alexandrin classique à *césure forte* ;

De l'alexandrin à *césure faible* ;

De l'alexandrin *non césuré, mais avec un accent tonique secondaire sur la sixième syllabe* ;

De l'alexandrin *sans césure après la sixième syllabe et sans accent tonique sur elle.*

Au point de vue expression, le vers n'a rien acquis depuis Hugo, « mais les poètes ont sous la main un » instrument plus souple encore et plus délicat, per-» mettant une cadence encore plus variée : ressource » pour le talent, danger pour la médiocrité [1] ».

Ce bouleversement, cette révolution dans l'alexandrin, opérés du XVIe au XIXe siècles, a produit deux mouvements : l'un de réaction, l'autre d'exagération.

Les réactionnaires s'attachent désespérément au modèle strictement classique, s'acharnent à refaire les vers déjà composés par d'autres et à continuer — *infandum!* — leurs modèles, Racine et Hugo, avec, bien entendu, le génie et l'originalité en moins. Ils composent des poèmes d'un tour vieilli, des vers soignés et plats et s'épuisent en labeur stérile. Et cela durera jusqu'à ce qu'on n'emploie plus uniquement l'alexandrin classique, sauf à la manière des vers latins : pour se faire la main !

Pourquoi ces attardés perdent-ils ainsi leur temps et leur talent et ne veulent-ils pas comprendre que l'alexandrin a évolué ?

J'espère, d'ailleurs, que lorsque l'Académie comp-

---

1. Grammont, p. 402.

tera au nombre de ses membres quelques poètes
familiarisés avec les types nouveaux de vers que
je viens de passer en revue, elle se départira de
son intransigeance et, comprenant les ressources
que les jeunes gens peuvent tirer des types de l'a-
lexandrin modifié, récompensera enfin, sans croire
manquer à son rôle de gardienne des traditions de la
langue, les auteurs de talent qui composeront leurs
œuvres en vers assouplis et délicats, et, du reste,
parfaitement judicieux.

L'autre école est celle des exagérés. Ceux-ci trou-
vent que, du moment où l'alexandrin a ainsi évolu-
tionné, c'est qu'il n'y a plus aucune règle à observer
à son endroit. Dès lors, pourvu qu'on rime richement,
peu importe d'employer telle ou telle forme du vers
de douze pieds. Il n'est que de s'en servir au hasard.
Les productions de ces raisonneurs-là, sont, faut-il
le dire? beaucoup plus, blâmables et plus inutiles
encore que celles des réactionnaires, leurs ennemis.

Réformes à accomplir dans l'alexandrin.

Il y a néanmoins encore des réformes à accomplir.
Gaston Paris, dans sa préface du livre de Tobler, sur
le *Vers français*, disait, on s'en souvient : « Le plus
» grand malheur de notre versification est d'avoir
» conservé la mesure des syllabes et les conditions
» de leur homophonie telles que les avait établies le
» XVIᵉ siècle, d'accord avec la prononciation réelle
» d'alors : la prononciation a changé, et les règles

» qui l'avaient pour base ont été servilement main-
» tenues, en sorte que nos vers sont incompréhensi-
» bles dans leur rythme et leur rime, *non seulement à*
» *l'immense majorité de ceux qui les entendent ou les*
» *lisent, mais encore, si on va bien au fond des choses,*
» *à ceux mêmes qui les font* ».

M. d'Eichtal[1] et M. Psichari[2] insistent dans ce
sens.

La considération de ces défauts donna naissance à
l'École symboliste appelée, je ne sais pourquoi, « dé-
cadente ». J'ai montré ailleurs[3] quelle fut sa raison
d'être, son utilité et quels vrais poètes elle compte
dans ses rangs.

Je n'y reviendrai pas et je dirai de suite qu'il ressort d'une façon évidente des lignes de MM. Paris,
d'Eichtal et Psichari ce fait, à savoir : que le grand
malheur de notre prosodie actuelle consiste à repo-
ser sur une prononciation qui, depuis trois siècles, a
cessé d'être en vigueur et en valeur.

Toute poésie, à l'origine, use de la langue vivante et se fonde sur elle. En Grèce, le dialecte
de la région où il naît est employé par le poète de
cette région. Chaque chef-d'œuvre se compose dans
le dialecte du pays qui l'a vu éclore. Plus tard on
se contente d'imiter les modes poétiques. Dès lors
les langues devenant de simples calques cessent

1. *Du Rythme dans la versification française.*
2. *Revue Bleue,* juin 1891.
3. Voyez mes *Considérations sur quelques écoles poétiques
contemporaines* (Champion).

d'être personnelles, ne servent plus qu'artificielle-
ment et à copier les modèles des pays voisins. C'est
la décadence et c'est ce qui différencie d'un Homère un Quintus de Smyrne, un Nonnos ou un Clau-
dien.

Donc, une poésie, pour être vivante, doit user de
la langue de son pays et de son *temps*. Pour avoir
dédaigné l'idiome populaire la poésie latine classique, érudite, artificielle, avec ses termes volontaire-
ment choisis et *archaïques*, ses expressions et sa
forme copiant les expressions et la forme grecques,
ne devint jamais autre chose qu'une poésie de man-
darins et d'amateurs.

De nos jours, notre poésie demande à être modifiée
sur trois points artificiels parce qu'archaïques de sa
langue :

I) L'e muet ;

II) La division des diphtongues en deux syllabes
ou *diérèse* :

III) L'h aspiré.

I) L'E MUET.

Tantôt il se prononce, tantôt il ne se prononce pas.
De là des distinctions à établir :

Quand l'*e* est en contact avec une voyelle atone
dans l'intérieur d'un mot : *jouera, tuerie*, il ne se
prononce pas aujourd'hui ; parfois même, on ne
l'écrit plus, comme : *joliment, prairie*. Dans l'ancien
français cet *e* formait toujours une syllabe.

On commence à n'en pas tenir compte à partir du xive siècle [1].

Aujourd'hui les poètes ne le comptent plus et ceux qui le mentionnent, comme dans ce vers de Barbier:

> toujours les vents sauvages
> De leurs pieds vagabonds *balayeront* les plages

commettent un archaïsme condamnable.

L'*e* suivant une voyelle tonique : pri*e*, pri*er*, pri*ent*, comptait pour une voyelle dans l'ancien français. On ne le prononce plus aujourd'hui.

Ici la règle classique exige que les mots dans lesquels *e* est intercalé et subsiste ne peuvent se placer dans l'intérieur d'un vers que si l'*e* est final et élidé devant une voyelle, sauf pour les imparfaits et les conditionnels en *aient*, les subjonctifs : *aient* et *soient*.

Mais les poètes du siècle dernier avaient déjà étendu cette liberté aux finales des verbes, en *aient, oient, ient, uent, éent, ouent.*

Il est temps que cette généralisation soit admise sans restriction, contrairement à ce vers défectueux de Musset :

> On dit qu'elle a des gens qui se *noi-ent* pour elle [2].

Formes en *e, es.*

La règle classique n'en admet aucune dans l'intérieur du vers.

---

1. Voyez Tobler, *Le Vers français*, pp. 33 et sq.

2. Les imparfaits en *aient* sont des rimes masculines, quoique Hugo use de v*oient*, s*oient*, comme rimes féminines : ce qui est faux puisque l'*e* ne se prononce pas.

Il y a tendance actuellement à les admettre dans le vers d'une manière analogue à la prononciation, c'est-à-dire sans compter l'*e* qui ne se prononce pas.

Au XVe siècle, on supprime cet *e*.

Au XVIe siècle Ronsard, dans son *Art poétique*, veut qu'on syncope les formes en *ée, oue, ue* par une apostrophe :

> Roland avait deux épé's en la main

dit-il.

Baïf, lui, introduit résolument le mot terminé par *e* ne se prononçant pas :

> Toy qui devant la *veue* trop haute (8 pieds).

Marot de même :

> Et la *livrée* du capitaine (8 pieds).

Malherbe écrit :

> *Lassée* d'un repos de douze ans (8 pieds).

Corneille :

> Mant*oue*, tu ne vois point soupirer ta province.

La Fontaine :

> Hé bien ! me plains-je à tort ? Me *joues*-tu pas, Amour ?

Molière :

> A la *queue* de nos chiens, moi seul avec Drécar
> (*Les Fâcheux.*)

Mais les mêmes poètes comptent la plupart du temps cet *e* pour une syllabe et ne s'affranchissent de la règle qu'avec une grande timidité.

> Ah ! lòngues nuits d'hiver, de ma *vie* bourrelles
> (RONSARD).

Ne me reproche point qu'oisif j'*aie* vécu
(RONSARD).
La part*ie* brutale alors veut prendre empire
(MOLIÈRE, *Le Dépit amoureux*).

Au XIXᵉ siècle cependant nous trouvons quelques exemples significatifs:

Pas un qu'avec des pleurs tu n'*aies* balbutié
(MUSSET).

Voir Hugo aussi dans les *Feuilles d'Automne* ; Lamartine qui écrit dans *Jocelyn* :

Ne m'a-t-il pas je*tée* sous tes pas comme on trouve...

Banville fait entrer le mot re*mue*-ménage dans un vers ; Leconte de Lisle le mot *épée* :

Le crucifix, le bloc, l'épée hors de la gaine.

Brizeux emploie le mot *baie* :

La *baie* des Trépassés blanche comme la craie.

Les Symbolistes accentuèrent cette tendance. Il serait logique qu'elle s'accomplît totalement et que tous les mots de ce genre s'introduisissent librement dans le vers, à n'importe quel endroit.

L'*e* suivant une consonne dans l'intérieur ou à la fin d'un mot était prononcé et comptait toujours pour une syllabe dans l'ancien français.

La règle classique exige que cet *e* fasse toujours une syllabe. Cependant au XVIᵉ siècle, Desportes écrit résolument :

Tu t'abuses toi-même, ou tu me *porte* envie

Ou :

> Tout rit par où tu passe, et ta vue amoureuse
> (Chant d'Amour.)

supprimant ainsi l'*s* pour justifier aux yeux l'élision de l'*e*. Mais en réalité ni l'*e*, ni l'*s* ne se prononcent.

Agrippa d'Aubigné, de même, dit :

> Toi Seigneur qui abats, qui blesses, qui guéris,
> Qui donnes vie et mort, qui tue et qui nourris.

Ronsard supprime parfois l'*e* muet final.

> Fait à houppes de soie, et si bien ell' le traite
> (Eglogues.)

Chez les modernes, à part les chansonniers, les cas sont rares.

Cependant Musset écrit :

> Que tu ne puisse encor sur ton levier terrible
> (La coupe et les lèvres.)

et Lamartine :

> Tu l'emporte ; il est vrai ; mais lorsque tu m'abats
> (La mort de Jonathas.)

L'excellent poète Jean Moréas a souvent suivi cet usage.

En somme : « il est évident que notre poésie doit » arriver à brève échéance à ne plus compter que les » *e* qui se prononcent et à négliger ceux qui sont » réellement muets. Notre vers ne pourra qu'y gagner en sonorité ! »

Et c'est pourquoi, je pense qu'on né saurait approuver en poésie Rivarol écrivant : « Le son de l'*e* » muet, toujours semblable à la dernière vibration

» des corps sonores, donne à la prononciation de la
» langue française une harmonie légère qui n'est qu'à
» elle ». Et si Gounod, au dire de M. Emile Faguet,
comparant le texte français : « Salut, demeure chaste
et pure » au texte italien correspondant, s'écriait :
« Vivent les *e* muets ! », c'est qu'il s'agit ici de musique et non de prosodie : deux choses qu'il ne faut
pas confondre :

D'ailleurs, remarque avec raison M. Grammont :

« L'*e* muet qui n'existe dans les vers que par une
» prononciation artificielle, quoique obligatoire, ne
» vaut pas pour la modulation une voyelle plus nette
» et mieux timbrée [1] ».

II) La diérèse.

Il faut considérer ici des groupes de deux voyelles
qui ne sont pas *e* et dont la première est *i, ou, o, ü*.
Ces groupes doivent-ils compter pour deux syllabes
ou pour une seulement ?

Tobler donne à ce propos une excellente étude
historique.

Mais la question est d'autant plus complexe qu'on
trouve des contradictions à cet égard souvent chez
le même poète.

Hugo compte ainsi *ouest* tantôt comme deux, tantôt comme une syllabe ; de même *truite ; hier* [2].

1. p. 146.
2. « L'ancien français n'emploie *hier* que comme monosyl-
» labe ; comme on devait s'y attendre d'après la phonétique, ce

Musset écrit rouet ou *rou-et* ; fouet ou *fou-et* ; chouette ou *chou-ette* ; suicide ou *su-icide*.

Gautier dit tantôt opium, tantôt opi-*um*.

Cet emploi prouve une chose, c'est que ces diérèses correspondent aux syllabes communes latines qui étaient indifféremment longues ou brèves. Or, malgré cela, il n'est qu'un principe à observer : *la conformité à la prononciation de la langue vivante.* Les poètes ont, du reste, en général, suivi instinctivement quelque peu l'évolution de cette prononciation : « Le fait le plus caractéristique est l'emploi » uniquement avec diérèse depuis l'époque classi- » que (grâce surtout à l'influence de Corneille) des » groupes dont la première voyelle est *i* quand ils » viennent après une liquide précédée d'une autre » consonne [1] ».

<blockquote>
Vous devri-ez pleurer nos morts.

(SULLY-PRUDHOMME.)

Le sangli-er lancé comme un rocher qui roule

(SULLY-PRUDHOMME.)
</blockquote>

» n'est qu'au xvie siècle que commence un usage flottant qui » dure encore au xviie siècle, mais qui aboutit au triomphe » de l'emploi comme dissyllabe. Corneille a employé *hier* » comme monosyllabe non pas seulement dans le *Menteur,* » comme on pourrait le croire, d'après Quicherat, 297, mais aussi » d'après le lexique de Marty-Laveaux, dans le *Cid, Horace,* et » jamais autrement. Boileau et Racine ne l'ont employé que » comme dissyllabe et c'est la règle imposée aujourd'hui, bien » qu'elle ne soit pas toujours appliquée. » (*Tobler*, pp. 100-101.) Hugo, Musset, Augier, Coppée offrent à cet égard en effet, de nombreuses exceptions.

1. Grammont, p. 413.

Sous les verts marronniers et les peup*li-ers* blancs
(Musset.)

C'est ainsi qu'*écu-elle* ancien français, est devenue *écuelle* dans Mendès ; *di-acre* anciennement est devenu *diacre*.

A côté de cela, *assiette*, dans Musset, devient *assi-ette* avec Augier ; *bruire* devient sans raison *brŭ-ire ;* *pièton* (ancien français) se change à tort en *pi-èton*.

Cette confusion provient de ce que les poètes appliquant ici sans raison les principes supérieurs de la métrique « ont parfois des audaces irréfléchies qui » les jettent en dehors des règles les plus certaines, » ou au contraire hésitent à briser les entraves d'au-» tres règles que rien ne justifie [1] ».

Certains hiatus ont disparu même après les liquides *r* ou *l* comme *fruit, bruit*.

Ien. — Les mots en *ien*, dissyllabiques jadis, ne le sont plus. *Historien, musicien, bohémien*.

Adri-en, neustri-en rentrent dans la règle générale.

Ions-iez. — Les terminaisons : *ions, iez* sont dissyllabiques quand la liquide *r* est précédée d'une consonne : *ver-rions ; voudr-iez*.

Le principe doit être : la fusion la plus grande des hiatus en diphtongues : *li-erre* s'est changé justement en *lierre*.

Iet-iette. — Sont dissyllabiques. Pourquoi ? On prononce *diè-te, miet-te, assiet-te* et ce sans plus de raison que si l'on disait : *ari-en, histori-en*.

---

1. Becq de Fouquières.

Ouet-ouètte. — Sont monosyllabiques : *fouet,* *mouette,* sauf quand les liquides *r* ou *l* les précèdent : *rou-et, brou-et, allou-ette.*

Ien. — (Avec le son *ian.*) On dit *science* et *fa-ience.* Pourquoi ne pas monosyllaber ce mot ?

Ielle. — Pourquoi scande-t-on *nielle* et *véni-elle* au lieu de prononcer *vénielle ?* — Illogisme.

Ieux. — On dit *cieux* et *auda-ci-eux.* Illogisme. *Auda-cieux* est aussi élégant.

Ion. — On devrait contracter au lieu de dilater ces mots. Leur allongement : *nati-on, créati-on,* au lieu de *nation, création,* gêne le vers et empêche l'emploi des vocables de ce genre.

Ions-iez. — Pourquoi la routine exige-t-elle que les deux personnes pluriel de l'indicatif présent et de l'impératif des verbes en *ier* soient dissyllabiques : nous *étudi-ons, étudi-ons* (comme le subjonctif : que nous *étudi-ions*), quand ces mêmes personnes sont monosyllabiques à l'imparfait et au subjonctif des autres verbes (nous *descendions ;* il faut que vous *descendiez*). Et cela, dit-on, parce que la terminaison *ier* de l'infinitif est dissyllabique. Mais pourquoi cette diérèse ? *Gra-cier* n'a-t-il pas autant de raison d'être qu'*a-cier, asso-cier* que *dos-sier, licen-cier* que *cen-sier, remer-cier* que *mer-cier, men-dier* qu'*amandier, ma-nier* que *pa-nier, estro-pier* que *pied, en-vier* que *jan-vier ?*

La poésie devrait et doit rechercher l'euphonie et elle y arrivera en supprimant ces diérèses et en admettant la synérèse partout où ce sera possible. Sa tâche est de fondre à l'intérieur des mots les voyelles en diphtongues et de n'user de l'hiatus que là où la prononciation l'exige absolument. Vauvenargues prétend que la bonne poésie abrège la prose et que la mauvaise l'allonge. Les règles versificatrices bizarres que nous venons d'examiner et qui séparent, on ne sait pourquoi, la langue poétique de la prose, doivent raréfier beaucoup les bons vers. Il importe de franchir l'huis entrebaillé, par Hugo pour admettre certains mots, mais si vite fermé sur d'autres mots laissés dehors, non pour cause de roture, mais pour celle de longueur. Il y avait un moyen bien simple de les contracter, comme nous l'avons vu.

III) L'h ASPIRÉ.

Cet *h* ne s'aspire ni ne se prononce en réalité.

Sa seule raison d'être consiste à déterminer une prononciation particulière devant lui, en s'opposant à la liaison d'une consonne ou à l'élision d'une voyelle.

La langue tend à supprimer l'*h* aspiré et ses effets, à l'encontre des grammaires et de l'enseignement. Mais la révolution est loin d'être accomplie encore.

La Fontaine élide parfois une voyelle devant un *h* aspiré.

Très mauvais *gite, hormis* qu'en sa valise.

Et Voltaire :

Je meurs au moins sans *être haï* de vous.

De tels exemples n'ont rien de choquant et se

généraliseraient sans dommage aucun pour la poésie.

François Coppée dans l'*Epave* dit : A marée *haute* [1].

Quand les réformes de l'*e* muet, de la diérèse et de l'*h* aspiré se seront accomplies, le vers de Racine et de Hugo s'enrichira d'un compte de syllabes conforme à la langue vraiment vivante. Il gagnera en sonorité et en harmonie.

Structure de l'Alexandrin.

Une autre réforme qui servira puissamment la poésie de l'avenir touche à la structure du vers alexandrin.

Jusqu'au XVIe siècle le vers par excellence était le vers de dix syllabes, césuré : 4 + 6. Depuis longtemps il était oublié. Fabri l'appelait dans sa *Rhétorique : antique manière de rithmer.* Au temps de Marot on le considérait comme plein de lourdeur et peu maniable. Thomas Sibillet, dans son *Art poétique,* paru peu avant la Pléiade, écrivait : « Le vers de dix » pieds est très usité, parce qu'il est en françois ce » qu'est en latin le carme héroïque. » Et il ajoutait : « L'espèce de l'alexandrin est moins fréquente et ne » peut proprement s'appliquer qu'à des choses fort » graves, comme aussi au poids de l'oreille se trouve » pesante. »

1. Le même poète a écrit dans *Severo Torelli :*
    Que je suis malheureux ! Et *hier* encor j'aimais
    Mon pays.

Au dire de Pasquier « le premier qui remit les
» alexandrins en crédit fut Baïf en ses *Amours de*
» *Francine,* suivi depuis par du Bellay au livre de
» ses *Regrets* et par Ronsard en ses *Hymnes* ».

On trouve dans l'*Art poétique* de Pelletier cette remarque : « Le genre épique est le vrai usage de
» l'alexandrin, car le décasyllabe était trop court. »
— C'est en somme à Ronsard que revient l'honneur
d'avoir rétabli le grand vers. Il eut tort d'ailleurs de
ne pas lui rester fidèle et quand, afin de se conformer
à l'opinion de Sibillet, il revint au décasyllabe pour
composer son poème épique de la *Franciade,* l'ampleur de sa pensée se trouva gênée dans un moule
aussi étroit et la période poétique ne put suffisam-
ment s'y étendre et s'y soutenir. La faiblesse de la
Franciade provient en grande partie de l'emploi du
décasyllabe beaucoup plus monotone que l'alexandrin, même gauchement manié.

Mais heureusement Ronsard revint à l'alexandrin et
il n'est que de lire les vers que le poète composa
dans ce mètre pour se rendre compte de la liberté
comme de l'aisance un peu lâche, et pourtant agréable, qui s'en dégagent.

C'est ainsi qu'au point de vue du repos de l'hémistiche, on peut trouver dans les poèmes du chef de la
Pléiade, aussi bien que dans ceux de ses successeurs
et élèves immédiats : Desportes, du Bartas, Bertaut,
bien des vers où la césure est marquée, et même
vigoureusement, à d'autres places qu'à la sixième
syllabe (déjà). Exemple :

Césure au deuxième pied :

> Ce peuple, | ensorcelé de superbe et de rage.

Césure au troisième pied :

> Soit que Dieu | desbrouillant le chaos peu à peu

Césure au quatrième pied :

> Où mainte nef | suivant la raison pour son ourse.
> La maladie | afin qu'elle ait meilleur marché.

Césure au septième pied :

> Et sitost que la nuict brune | estendra ses ailes...
> Seule pourra donner fin | à nostre voyage.

Césure au huitième pied :

> Ceux même qui ne font mestier | que de piper...
> Et tient dessus le front de Dieu | ses yeux collez.

Césure au neuvième pied :

> Et la fidélité d'un valet | franchement
> Couché sur son estat...
> La voix mesme qui m'a consolé | tant de fois.

Césure au dixième pied :

> Les murailles de Rhode et de Belgrade | en poudre.
>   (Du Bartas.)

On remarquera que les césures, bien que ne disparaissant pas complètement au sixième pied, ne font qu'y glisser rapidement sans laisser presque de trace, sauf pour autoriser, à la *rigueur*, un léger repos.

Chez tous les poètes du xvie siècle, on trouve d'innombrables vers ainsi rythmés, mais pouvant se scander classiquement. D'ailleurs, dans les œuvres de Boileau et surtout de Racine si habile à varier la forme normale de l'alexandrin, on en rencontre d'une cadence aussi libre. Mais chez les poètes précédant l'époque classique, je remarque beaucoup de latitude dans les figures rythmiques. Le sens chez eux ne coupe pas toujours les mots et ne suspend pas toujours les hémistiches. Ils observent généralement la règle classique du repos au milieu du vers, sans se croire tenus de s'y astreindre toujours et comme on l'a dit : « ils ne font pas invariablement concorder le mouvement de la pensée avec celui du vers [1] ».

Ils pratiquèrent aussi l'enjambement, car ils n'observèrent pas inflexiblement le repos du dernier hémistiche. Mais leurs rejets, employés au hasard, prêtaient, entre des mains inexpérimentées, quelque instabilité au vers : l'enjambement, donnant à l'alexandrin une tendance fâcheuse à s'allonger et à se répandre au delà de la mesure normale de douze syllabes. Disons bien haut pourtant que cette inexpérience de l'alexandrin, si sensible chez du Bartas, fut compensée chez Pierre de Ronsard par une science des rythmes lyriques que Desportes et Bertaut eux-mêmes, quoiqu'on ait prétendu, poussèrent très loin dans les combinaisons des diverses strophes.

L'alexandrin revêtit avec Malherbe une forme nouvelle. Désormais, plus de rejets d'un vers à l'autre, plus, dans le même mètre, de ces enjambements

---

1. Georges Pellissier, *La Vie et les Œuvres de du Bartas.*

intérieurs ne laissant aucune trace de césure médiane. Ce vers est assujetti à des lois inflexibles.
Malherbe isole chaque unité métrique, la sépare en
fragments égaux, et fait concorder sans variation les
divisions rythmiques avec celles du sens. L'alexandrin est alors un tout, indépendant de ce qui précède et de ce qui suit. Chaque hémistiche devient, de
par son entité rythmique, complète en soi, un vers
de six syllabes dans un vers de douze. De tels mètres
sont essentiellement symétriques. Ils ont deux accents
fixes : à la douzième et à la sixième syllables, marquant, chacun, un repos obligatoire. Le dessin du
vers est d'avance déterminé dans ses grandes lignes.
Les combinaisons du rythme ne sont laissées ni à
l'oreille ni au goût du poète, en dehors de ces fragments de six syllabes, sortes d'unités partielles dont
chaque couple représente l'unité totale : « Entre deux
» hémistiches, de même qu'entre deux vers, il n'y a
» pas combinaison, mais simple juxtaposition. »

Malherbe, dans son rôle de redresseur des torts de
la poésie française, ne voulut pas comprendre une
chose : l'infériorité de la langue en fait de versification. L'accent placé sur les syllabes est uniforme et,
par cela même, le vers est dépourvu du mélange de
brèves et de longues qui donnent, chez d'autres peu-
ples, à la déclamation poétique une mélodie presque
musicale [1]. Le vers français se prononce sur un seul

1. La très savante dissertation sur le *Rythme* de M. Guilliaumin ne saurait modifier mon sentiment à cet égard : *Le Vers
français et les Prosodies modernes*, p. 204.

ton, sans que la voix s'élève ou s'abaisse jamais. Il rend — ayons le courage de le dire — un son assez monotone. C'est pour remédier à cette faiblesse que les poëtes de la Pléiade, Baïf surtout, avaient composé des essais métriques reposant sur de prétendus dactyles ou spondées, afin de rapprocher leurs vers héroïques de l'hexamètre d'Homère ou de Virgile. Du Bellay, tout en souhaitant l'introduction dans la poésie française de tels mètres, s'est d'ailleurs gardé d'y recourir.

Prosper Marchand s'exprime ainsi à propos de ces tentatives métriques : « Quelques-uns ont voulu ré- » former notre poésie selon les quantités et mesures » latines. Mais cela est si froid que rien plus, et il est » bien asseuré que de telles œuvres ne vivront pas... » *Nous ferons toujours nos vers rimés, car sans rimes* » *ils ne sauraient être vers* [1]. »

Or, que veut Malherbe ? Avant tout réglementer. Il s'attaque à la rime et il n'est que de lire son *Commentaire sur Desportes* pour se rendre un compte exact de ses proscriptions. Quelques-unes sont logiques ; d'autres le sont moins ; d'autres enfin ne le sont pas du tout. C'est bientôt dit de prétendre que Malherbe veut enlever au vers français : l'abus des métaphores, l'enflure, l'affèterie, le ton déclamatoire, l'étalage pédantesque de l'érudition. Mais par quoi les remplace-t-il ? Par un art tout artificiel, un défaut de simplicité, un manque d'imagination qui font de

---

1. *Dictionnaire historique*, t. II, p. 79.

ses poèmes quelque chose d'officiel et de plat et
leur enlèvent toute la sève inspiratrice [1]. Non content
de proscrire les rejets et l'enjambement, il veut que
le vers devienne plus sonore et plus plein et il compose des poèmes où, trop souvent, on ne trouve pas
une ligne débordante d'émotion et d'enthousiasme.
Ah! que nous sommes loin du frémissant *Discours
sur les Misères de ce temps* de Pierre le Ronsard [2]!

Malherbe crée l'art officiel, je veux dire cette manière compassée d'écrire, cette façon rigide de composer, cette nudité versificatrice et tendue, si différente de la langue populaire, riche métal en fusion,
dans lequel il feignait de forger ses locutions, mais
dont, en réalité, il craignait la vulgarité « plébée »
qui lui faisait proscrire de la poésie les mots : *poi-
trine* ou *cadavre!* Se mettant ainsi en contradiction
avec lui-même. « Il renvoyoit ordinairement aux
» crocheteurs du Port au Foin (quand on lui deman-
» doit son avis de quelques mots françois), et disoit
» que c'étoient ses maîtres pour le langage [3] ».

1. Boileau qui l'admirait, parlera pourtant dans son *Discours
sur l'ode* des *sages emportements* de Malherbe, non sans
ironie.

2. M. Adolphe Chenevière dans sa remarquable thèse sur
Bonaventure des Périers (1498-1544), parlant des vers de ce
poète donne un magnifique éloge à la Pléiade : « Il faudra le
» talent mieux affilé de Ronsard et de ses disciples pour pro-
» duire des vers d'une seule venue, francs et polis comme ces
» œuvres de statuaire qui semblent avoir été sorties du marbre
» d'un seul coup de ciseau. » — On ne saurait mieux dire.

3. Racan, *Vie de Malherbe*.

Pour lui la poésie n'était qu'un divertissement et ne réclamait que de l'habileté. « Il disoit que c'étoit » sottise de faire des vers pour en espérer autre ré- » compense que son divertissement et qu'un bon » poëte n'étoit pas plus utile à l'État qu'un bon joueur » de quilles » [1].

D'ailleurs, à tant élaguer, Malherbe dépassait le but et comme dit la chanson :

> Dépasser le but, c'est manquer la chose.

A force de limer, d'élimer, de couper les jets viva- ces de l'inspiration et de la langue, il arrive, comme le dit excellemment Mathurin Régnier dans sa IXᵉ satire :

> A proser de la rime et rimer de la prose.

Mˡˡᵉ de Gournay, s'appuyant sur l'autorité de Mon- taigne, juge avec les *Essais* que la bonne rime ne fait pas le bon poème [2], réclame un peu de justice pour les diminutifs que Malherbe condamnait et, comme Mathurin Régnier, le droit d'elever la poésie au-des- sus des conditions et du joug de la prose.

« Je sors, dit-elle [3], d'un lieu où j'ai vu jeter aux » vents les vénérables cendres de Ronsard et des » poëtes contemporains, autant qu'une impudence » d'ignorants le peut faire, brossants en leur fantaisie

1. *Id.*

2. « Il vouloit qu'on rimât pour les yeux aussi bien que pour les oreilles. » *Id.*

3. *Les Advis ou les Présents de la demoiselle de Gournay* (Paris, 1641).

» comme le sanglier échauffé dans une forêt. Dieu me
» garde d'être si téméraire et ingrate pour les grands
» esprits qui ont écrit avant moi et même de mon
» temps, que de leur reprocher l'usage de mille cho-
» ses, refusant de les employer après eux, et que
» d'essayer à les flétrir et les ensevelir au tombeau
» du mépris par un contre-lustre, ainsi que ces nou-
» veaux venus prétendent faire, dessein atroce et
» félon. Mauvais français sont-ils, certes, outre cela
» de vouloir ainsi flétrir un des plus riches fleurons
» de la gloire de nos rois et de la France, qui con-
» siste au don que des poètes d'un tel mérite leur
» ont fait de la leur par réflexion, et don après tout
» qui a rendu la France vénérable et admirable aux
» nations... Nous prouverons en ce discours que,
» depuis qu'une langue est arrivée en un temps où
» sa nation porte la science au période, ainsi que la
» France l'a portée en la saison de Ronsard, cette
» langue, dis-je, est en son période aussi, j'entends
» ne peut rompre ni changer ses lois qu'en empirant,
» bien qu'elle se puisse amplifier. Or, par-dessus tout
» cela, pour preuve que la langue vulgaire n'est pas
» considérable tout du long sur la poésie, estimons-
» nous qu'en cette saison de Ronsard, ni de Du Bel-
» lay, ni de Desportes, on parlât vulgairement comme
» nous parlons ? ou que leur dialecte fût plus con-
» forme à celui qui courait alors en public que le dia-
» lecte de ces nouveaux n'est conforme à celui de
» ces trois écrivains ? Vraiment ils n'eussent pas été
» poètes excellents, ni poètes, s'ils se fussent abais-

» sés au parler commun des hommes, et si le com-
» mun des hommes pouvait élever le sien jusqu'au
» leur, la poésie ayant été baptisée de tout temps
» non seulement *grandiloquentia*, mais le langage
» des dieux et non des humains. Il faut dire à l'op-
» posite : c'est le langage des poètes, d'autant que
» ce n'est pas celui du peuple... C'est des ouvrages
» romans, des livres communs et des grammairiens
» que nous apprenons l'usage, pureté, scrupule et
» propreté du langage..., mais des poètes, l'étendue
» de ses droits et de sa propagation, sa souplesse,
» magnificence et richesse ; ou plutôt de ceux-là le
» langage populaire est courant ; de ceux-ci le noble,
» riche, royal et céleste. On dit que les sorciers obéis-
» sent aux dieux, et que les magiciens leur comman-
» dent. Ainsi nos petits charmeurs d'âmes et d'esprit,
» grammairiens et faiseurs de langue vulgaire, sont
» au-dessus de la langue ; ces grands charmeurs, les
» poètes, sont au-dessous. »

Mademoiselle de Gournay expose on ne peut mieux
le point en litige entre Malherbe et ses prédécesseurs. Elle aurait pu signer aussi la phrase où Jean-
François Dugiez, seigneur de Balzac, se moque du
pédagogue de cour « qu'on appelait le tyran des
» mots et des syllabes et que la mort attrapa dans
» l'arrondissement d'une période ».

Malherbe ne fut ni grand écrivain ni grand poète,
ni grand caractère. Il incarne au premier chef ce que
Chapelain appelait : « la réduction à l'universel ». Il
tua le lyrisme, c'est-à-dire la tendance particulière

de chaque poète à exprimer des idées personnelles
de noblesse ou de grandeur. Par son émotion et sa
vie, son harmonie et sa sérénité, la poésie lyrique
vise au sublime ; elle s'impose par la force; elle
s'exprime par l'émotion intime et touche par l'enthousiasme du poète. Vouloir ravaler la poésie lyrique à l'expression purement subjective, dire qu'elle
ne rend le monde qu'à travers l'imagination de
chaque auteur, et qu'elle ne réfracte que les images
de la propre imagination d'un homme : c'est singulièrement réduire la beauté d'un genre qui nous a
donné des chefs-d'œuvre et qui a fait la gloire de la
Pléiade. Malherbe n'était pas lyrique. C'est pour
cela qu'il a, dans ses poèmes et ses exemples, éteint
l'éclat de l'imagination. La luxuriance de l'esprit du
XVIe siècle n'est rien à ses yeux. Il n'admet plus que
les idées communes à tout le monde : ignorants
comme lettrés, et dont la conception, aisément véri-
fiable, ait une portée universelle. Des idées générales servent de liens entre les divers passages de
ses poèmes. Tout devient pour lui objectif. Cet effort
pour ne ramasser que des idées reçues, comprises
de tous, le détournent du lyrisme. Lyrique, pourtant,
il aurait pu l'être, tout comme Ronsard dont il s'est
séparé, du reste, tardivement, quand il comprit que
le succès se détournait du chef de la Pléiade, et qu'il
fallait suivre une route nouvelle.

Mais comme il est absolu, dès qu'il se voit à la
cour le seul poète marquant, il prétend donner des
règles certaines à la langue, comme à la poésie, et le

voici — on a voulu en vain le nier — mais M. Brunot
le montre surabondamment [1], le voici, dis-je, qui se
sépare de la Pléiade et « abandonne de gaieté de
» cœur une voie où Ronsard était déjà allé si loin [2] ».
On a beau dire que « la transformation ou la déca-
» dence du lyrisme dans les premières années du
» xviiᵉ siècle, est le prix dont nous avons payé le
» progrès et le triomphe de la poésie dramatique et
» de l'art oratoire » : outre qu'une telle assertion est
à prouver, il n'en reste pas moins que Malherbe a
étouffé l'enthousiasme et dirigé l'esprit français dans
des voies droites et solennelles, qui méconnurent
longtemps la beauté de la nature, le silence des sites,
et la fraicheur de l'imagination. Si, d'ailleurs, le siècle
de Louis XIV, de par la réunion de ses merveilleux
auteurs, a jeté un immortel éclat, je ne sais pas
jusqu'à quel point il faut en faire remonter la gloire
à des réformateurs comme Malherbe ou Vaugelas
plutôt qu'à l'évolution naturelle de la langue, et si
pour tout dire, on ne doit pas ramener à une question
de mode et d'obédience à un monarque absolu ce
besoin d'ordre, de discipline, d'unité sous la loi, dont
les rhétoriciens, depuis des années, ne cessent de
nous rabattre les oreilles !

Ajoutons qu'il est dangereux de ne pas suivre la
mode. Et par exemple, quand la poésie, de lyrique
se faisait éloquente, Malherbe sentit d'où le vent

1. *La Doctrine de Malherbe*, *d'après son Commentaire sur
Desportes.*
2. *Id.*

soufflait et ne chercha pas à réagir. Devenu poète de
cour à cinquante ans, âge où il est présenté à
Henri IV par son compatriote Vauquelin des Yve-
teaux, il comprend que le temps de la fantaisie est
passé et que les intentions et les désirs du prince
sont tournés vers l'ordre et la discipline. Dès lors, se
pliant aux circonstances, comprenant qu'il ne faut
plus se vêtir comme au temps de Louis XII,
d'Henri II, de Charles IX ou d'Henri III, il tourne
résolument le dos au lyrisme, à l'Ecole qui en était
la personnification même, et surtout à Ronsard qu'il
imita au début de sa carrière et dont il gardera
tout ce qui lui semblera convenir à son nouveau dessein. Au lieu de résister à la force du mouvement
réacteur contre l'individualisme et le lyrisme, il se
laissa porter par le courant nouveau et se fit, dans
ses vers, comme le porte-parole des pensées communes et des sentiments généraux ; il se plia à d'autres convenances que celles du « moi » et devint
didactique en même temps qu'objectif. Malherbe eut
de la chance. Il ne faut ni en faire un grand poète
« ni le principal artisan d'une transformation dont
» les causes le dépassent de toute manière [1]. »

Il est temps d'élever la voix et de défendre la
Pléiade contre les reproches de méfaits qu'elle n'a
pas commis. On se fait de Malherbe une opinion
beaucoup trop flatteuse. On dit : c'est en appliquant
à la littérature et à la poésie une réglementation

1. Brunetière.

sévère, en veillant à la pureté et à la propriété du langage que sa réputation s'est imposée. Et l'on conclut : il n'a jamais voulu autre chose que consacrer l'usage et le suivre (sans prétendre le moins du monde lui faire la loi ni le devancer), et si quelque nouveauté se produit la soumettre à un minutieux contrôle. Tout cela est fort bien, mais pourquoi a-t-il fait si bon marché de l'inspiration généreuse qui avait poussé les nobles écrivains du xvie siècle à revendiquer, pour la langue française, le droit et l'honneur de traiter les plus hauts sujets d'éloquence et de pensée ? Est-ce leur faute si ce mouvement dévia ? Il dévia si peu, du reste, que de nos jours la poésie s'oriente d'après leurs données, juste retour des choses d'ici-bas !

Malherbe n'eut jamais d'autre but que l'approbation des gens de cour. Ce n'est certes pas lui qui eut écrit, comme Balzac à Conrart : « La louange de bien » escrire n'est pas celle que je cherche principale-» ment; il me semble qu'il y a quelque chose de plus » haut où il faut viser dans les escrits ; descouvrir » des véritez fines et secrètes, *débiter des originaux* » *en traitant mesme de lieux communs,* plaire et ins-» truire à la fois [1] ».

L'évolution naturelle dans la modification de la langue, Malherbe prétendit l'arrêter. Sa Muse compassée voulut mettre un terme à des variations syntaxiques et prosodiques qui, remarquons-le, continueront

---

1. Lettre datée de 1651. (Voyez *Œuvres de Balzac*, t. I.)

après lui. Ce n'est pas chez Malherbe que la série de poètes, d'orateurs et de penseurs qui s'imposèrent à l'Europe, pendant le siècle de Louis XIV, allèrent chercher des modèles. La langue ne cessa d'évoluer et dire aujourd'hui que nous parlons et écrivons comme les Molière, les Pascal ou les Racine, c'est se tromper du tout au tout. Une langue ne saurait demeurer fixe ; son fonds matériel s'enrichit et se modifie de jour en jour et de siècle en siècle. Littré a donné sur ce sujet des pages singulièrement probantes.

Au surplus, Malherbe, avec ses scrupules étroits n'a pas tiré de la langue tous les avantages qu'elle contenait. Il a proclamé tant de mots indignes et déchus qu'il s'est enfermé dans un cercle étroit, heureusement un peu élargi par Hugo qui y étouffait. Plus de tours heureux, fins ou hardis ; mais des ordres grammaticaux imposant à chaque phrase cette raideur monotone dont se plaignait, à juste titre, Fénelon dans sa *Lettre à l'Académie*. Il ne faut pas oublier que la grâce et l'agrément de Villon, Marot, d'Aubigné, du Bellay, Ronsard et Régnier, tenaient précisément à l'absence de toute gêne dans le langage comme dans la pensée. Malherbe, avec ses proscriptions et ses prescriptions, n'eut ni élégance ni légèreté de touche. Il entrava de plus en plus la métrique française en exigeant même du style figuré, selon une remarque très juste, — métaphores, comparaisons, fictions, allégories, — une exactitude matérielle et une précision technique capables de sup-

primer toute inspiration poétique et de faire fuir
l'imagination.

Selon lui la poésie doit être raisonnable et ne diffère de la prose que par le nombre.

Henri Heine, dans ses *Mémoires*, s'exprime ainsi :
« Je ne connais rien de plus insipide que le système
» de la poésie française. Procuste est assurément
» l'inventeur de cette métrique, vraie camisole de
» force appliquée à des pensées trop paisibles pour
» en avoir besoin. » Il dit encore : « C'est un prin-
» cipe ridicule de faire consister la beauté d'un
» poème à surmonter des difficultés de versifica-
» tion... Les Français ont toujours senti eux-mêmes
» ce qu'il y a de rebutant dans cet art contre nature
» et leurs bons acteurs sont dressés à déclamer les
» vers d'une façon aussi saccadée que s'ils récitaient
» de la prose. Pourquoi, dès lors, se donner l'inutile
» peine de versifier ? »

Malherbe fut le grand coupable. C'est lui qui a
resserré la terrible camisole de force prosodique et
entravé au plus haut degré la versification, sous prétexte de clarté, de sobriété et de propriété des mots
à poursuivre dans le style poétique. Les questions
syllabiques le laissèrent indifférent. Il se préoccupa
de syntaxe, jamais de rythme. Ce réformateur, arro-
gant et sûr de soi, ignore le rôle que l'accent joue
dans le vers [1]. Cet homme, qui avait la prétention de

1. Ce rôle sera révélé au xviiiᵉ siècle par un italien : Antonio
Scoppa comparant le vers français et le vers italien, tous deux
syllabiques comme l'espagnol. Quicherat, dans son *Traité de ver-*

s'appuyer sur l'usage, le méconnut étrangement. Pas
une fois, par exemple, il ne comprend ou ne veut
comprendre que l'*e* muet, dans l'intérieur d'un mot
ou d'un vers, peut être considéré comme non avenu
puisqu'il ne se prononce pas. En raison de la mécon-
naissance de ce fait, le législateur du Parnasse fait
des vers faux, non pas sur le papier, mais en tant
que prononciation... Quand il écrit par exemple :

> La France...
> Ne dormira jamais d'un paisible sommeil
> Tant qu*e* sur votr*e* front la douleur *se*ra peinte,

il croit composer des mètres impeccables : et pourtant au lieu de 12 syllabes, le dernier vers, quand il
est prononcé, n'en compte plus que 9 :

> Tant *q*' sur votr' front la douleur *s*'ra peinte.

S'il prétendait suivre l'usage, il aurait dû s'y conformer et respecter mieux les évolutions de la langue, puisqu'aussi bien, à cette époque, l'*e* muet était
considéré comme nul et non avenu dans la prono-
ciation. Ainsi, Malherbe, instaurateur des contraintes
prosodiques, négligera la prononciation en faveur
de la graphie (irréprochable en apparence) du vers.

Et l'on s'étonne après cela que la versification
française soit, de nos jours, attaquée dans l'ensemble
de ses règles et revienne à Ronsard et à la Pléïade,
alors que les conditions mêmes de ses nombre et

---

*si*fication, a très clairement exposé les idées de Scoppa sur cet
accent tonique dans notre poésie.

harmonie ont été, je ne dirai pas négligées, mais combattues et annihilées par Malherbe !

Boileau a, du reste, sa part de torts. Quand il ose écrire dans son *Art poétique* :

> Ronsard...
> Réglant tout, brouilla tout, fit un art à sa mode
> Et toutefois longtemps eut un heureux destin.
> Mais sa muse, en français, parlant grec et latin (!)
> Vit dans l'âge suivant, par un retour grotesque,
> Tomber de ces grands mots le faste pédantesque ;

et quand il le nomme :

> Ce poète orgueilleux, trébuché de si haut...

il commet non seulement une injustice, mais ce qui est plus grave, une malhonnêteté... Il frappa d'ostracisme une école d'illustres maîtres et les réduisit à un oubli si total, que le livre de Sainte-Beuve sur la poésie du XVIe siècle révéla au commun des lecteurs du XIXe des vers qui furent, depuis lors, justement admirés et provoquèrent, de nos jours, l'ardente sympathie des jeunes poètes pour l'œuvre de la Pléiade.

V. Hugo disant que le vers est la forme optique de la pensée et lui donne de la vivacité et de l'éclat, critique, sans s'en rendre compte, les œuvres mêmes de Malherbe. Celui-ci, de tout l'héritage du passé, ne recueillit que ce qu'il crut être le matériel de la langue. Ce fut un malheur pour ce poète, et surtout pour nous qui devions en supporter les conséquences, de ne rencontrer devant lui aucun contradicteur : quand ce n'eût été que son ami Racan qui, subjugué par le despotisme emporté du maître, osait à peine demander des règles prosodiques un peu plus tolérantes, au risque d'encourir les foudres de l'irascible normand.

La Muse française en épousant Malherbe fit, au dire de Stendhal, un mariage de raison. Ce fut très fâcheux pour elle. Non seulement les époux n'étaient pas assortis, mais l'un d'eux était bien inférieur à l'autre. Une telle union appauvrit du coup la poésie. Elle rencontra chez son Mentor de mari un esprit étroit qui lui fit regretter ses liaisons passées et le choix de ses anciens amants évincés.

V. Hugo comprit d'instinct cet appauvrissement de la Muse française, quand il remania l'alexandrin. Ils le comprennent aussi les poètes qui continuent et poursuivent la réforme. Il ne s'agit pas pour eux de s'affranchir des règles prosodiques essentielles, défendues, comme si elles étaient en péril, par les sectateurs de Malherbe : il s'agit simplement d'élargir ces règles et de leur faire subir les modifications adéquates à l'état et aux obligations actuelles de la langue et de l'usage. Aucun désordre n'en résultera et la dignité de la langue française, plus chère aux poètes qu'à aucuns autres écrivains de France, ne subira, de ce chef, nul dommage, n'en déplaise aux esprits chagrins, toujours portés à prédire la décadence et la ruine, quand le sol, au contraire, refleurit et que l'inspiration se cherche et se renouvelle.

Tel est l'alexandrin imposé par Malherbe. J'ai

montré que les poètes du xviiᵉ siècle s'écartèrent, fort heureusement parfois, de ce type et qu'on peut trouver dans Racine, le modèle du versificateur classique, nombre de vers n'observant ni la règle de la césure finale, ni celle de la césure médiane. La récitation avait beau essayer de ramener ces vers alexandrins au type théorique, elle n'y arrivait qu'en altérant le bon sens. « Pour pouvoir louer dans Racine la » variété des rythmes, il faut, en le lisant, accuser » toutes les altérations qu'il fait subir à la symétrie » rigoureuse de ce type [1]. »

Malgré ces dérogations aux règles de Malherbe, ces règles dominaient quand même la versification classique. Celle-ci répondait aux mœurs polies, solennelles et autoritaires du temps de l'absolu Louis XIV ; « le balancement régulier de l'hémistiche s'ac- » cordait à merveille avec l'expression de senti- » ments toujours contenus, même quand ils étaient » le plus ardents ».

Il n'y a aucun rapport à cet égard entre le xviiᵉ siècle et le xviᵉ, si épris de nouveauté, de fougue et d'indépendance.

Aussi, quand notre poésie contemporaine a commencé de briser le moule classique de l'alexandrin, elle s'est mise, avec raison, à l'école de la Pléiade, en remontant par delà Malherbe. C'est pourquoi le vers moderne de douze syllabes ignore, lui aussi, la règle fondamentale de la césure. Il n'y a plus accord du

1. G. Pellissier, *La Vie et les Œuvres de du Bartas.*

sens et du rythme ; ils s'écartent facilement l'un de l'autre ; ils arrivent bien ensemble au terme. Or, ce terme n'est ni l'hémistiche ni la fin du vers, mais simplement celui d'une période variant de longueur et dont l'unité résulte de l'expression d'un même sentiment ou d'une même idée.

Entre la versification du XVIᵉ et celle du XIXᵉ siècle, il y aura, toutefois, cette grande différence : que les poètes modernes emploieront, avec une science consommée, les coupes de la période rythmique, alors que les poètes de la Pléiade laissaient au hasard la forme de l'alexandrin. En d'autres termes : au lieu de maîtriser et de façonner à leur gré le rythme, comme Hugo, ils se laissaient conduire par lui : leurs vers marchant le plus souvent à l'aventure et se cadençant comme ils pouvaient.

Le vers français, on s'en souvient, est syllabique parce que — bien que les accents jouent toujours le principal rôle dans le rythme du vers et que les syllabes soient de valeur inégale — le nombre de syllabes est fixe, tandis que le nombre des accents varie.

La symétrie marquée par la césure entre les temps forts ou entre les accents et les syllabes établit le *rythme* du vers. Mais ce rythme a un nombre fixe d'accents rythmiques ou de mesures déterminées par des accents et un nombre de syllabes quelconque.

Le vers de 12 pieds classique est composé d'un nombre de syllabes fixes, mais d'un nombre de mesures qui ne l'est pas obligatoirement et ne comprend pas, le plus souvent, la quantité de syllabes fixes.

Du xviiᵉ au commencement du xixᵉ siècles, l'alexandrin comprend, en général, deux hémistiches, de chacun six syllabes, la sixième accentuée fortement.

Hugo, si respectueux des règles classiques, eu égard à la quantité des syllabes et aux conventions de la rime, rompt avec elles sur ce point ; fait craquer la balance hémistiche ; affaiblit la césure ; ne lui donne pas plus d'importance qu'aux accents mobiles ; et place le repos principal sans distinction après un accent quelconque, tout en maintenant fixe l'accent du milieu.

L'alexandrin moderne va en conséquence, se diviser, grâce à Hugo, non plus en deux hémistiches, mais en *un nombre variable d'éléments*, quatre en moyenne, *disposés symétriquement*.

Hugo crée, à ce moment, mais sans oser aller jusqu'au bout et sans prévoir où aboutira sa propre création, un type d'alexandrin nouveau : le *ternaire* ou *trimètre*.

Je prétends qu'il n'ose pas aller jusqu'au bout de sa réforme, parce qu'il craint de supprimer la césure classique. Il crée son vers tantôt à six accents, tantôt — et le plus souvent — à trois, et il se croit respectueux de la prosodie en conservant la césure classique. Pas une fois il ne se dit que le sens même du vers demande à ce que ce dernier soit lu comme si la césure n'existait pas.

9.

Aussi la logique voulait que les successeurs de
Hugo appliquassent entièrement la réforme com-
mencée, en levant la dernière entrave. Ils affaibli-
rent de plus en plus la césure médiane, d'abord par
l'adjonction d'un mot court : préposition, article,
pronom, *e* muet, c'est-à-dire par le moyen d'une syllabe sans accent :

> Et tout à coup | l'omb | re des feuilles remuées ;

puis ils joignirent les deux moitiés de l'élément du
milieu par un mot unique :

> Les roulements | inex | tinguibles des tambours.

Dès ce moment le ternaire était définitivement
constitué :

> Les roulements | inextingui | bles des tambours | .

Il faut aujourd'hui l'admettre dans la versification
française. Son rythme est très sensible à l'oreille et
il est composé, comme l'alexandrin à 6 + 6 « de douze
» syllabes réparties entre un nombre variable d'élé-
» ments rythmiques disposés avec symétrie [1] ».

Intercalé parmi les alexandrins classiques, le ternaire peut en rompre heureusement la monotonie.
Et quand le ternaire ne servirait qu'à rendre les
poètes, n'osant l'employer encore, mais subissant
quand même son influence, moins rigoureux sur
la césure classique, il aurait servi grandement la
poésie.

Or, c'est précisément à cause de la monotonie de

1. Martinon.

l'alexandrin qu'il faut arriver au vers rythmé à forme fixe, mais surtout à forme libre.

On ne négligera pas pour cela le vers syllabique de Racine, Hugo, La Fontaine ; on l'emploiera en utilisant les ressources de la langue vraiment vivante et en ne tenant plus compte, dans les cas déterminés plus haut, de l'*e* muet, de la *diérèse* et de l'*h* aspiré.

Quant au vers rythmé libre, c'est-à-dire celui dans lequel la rime, d'ailleurs rigoureusement maintenue parce qu'elle seule marque où le vers finit, et qui se conformera aux règles traditionnelles prosodiques, élargies mais indispensables toujours, car elles reposent sur des bases naturelles et essentielles, le vers rythmé libre pourra devenir entre les mains d'un poète sachant en faire un heureux emploi (ce qui n'a pour ainsi dire pas eu lieu encore), un instrument plus délicat que le vers classique, d'une puissance singulièrement supérieure et d'une variété beaucoup plus étendue. Un tel mètre peut exprimer les moindres nuances de la pensée. Il n'est pas d'effet qu'il ne soit susceptible de rendre [1].

Si, comme le prétend d'Eichtal : « toute tentative » trop radicale et trop précipitée est nécessairement » stérile et si l'art doit procéder par évolution et non » par révolution » les poètes peuvent se rassurer. Il ne s'agit ici que d'une évolution accomplie en grande partie déjà.

1. Voir chapitre I, page 18 ce qu'il faut entendre par vers libre et chapitre II : *Poèmes en vers libres.*

« Toutes les innovations du xvie et du xviie siècle
» n'ont été que des restrictions de liberté : exigence
» de l'alternance des rimes féminines et masculines,
» interdiction de l'hiatus, et déjà rime pour l'œil.
» L'époque moderne s'est affranchie, parfois avec
» peu de discernement, de certaines entraves (raideur
» de la césure et interdiction de l'enjambement) ; elle
» subit les autres avec une docilité qui rend assez
» risibles les prétentions de quelques-uns de ses
» coryphées à une farouche et titanique indépen-
» dance. Le plus grand malheur de notre versifica-
» tion est d'avoir conservé la mesure des syllabes et
» les conditions de leur homophonie telles que les
» avait établies le xvie siècle, *d'accord avec la pronon-*
» *ciation réelle d'alors.* La prononciation a changé,
» et les règles qui l'avaient pour base ont été servi-
» lement maintenues, en sorte que nos vers sont
» *incompréhensibles,* dans leur *rythme* et leur *rime,*
» non seulement à l'immense majorité de ceux qui
» les entendent ou les lisent, mais encore, si on va
» bien au fond des choses, *à ceux mêmes qui les font.*
» L'interdiction de l'hiatus et l'exigence des rimes
» masculines et féminines alternées dispensent les
» poètes d'étudier par eux-mêmes les *conditions va-*
» *riables de la succession harmonieuse des mots et des*
» *vers ;* la fixation de la mesure des mots par une
» prosodie surannée fait que leurs hémistiches et
» leurs vers ne sont *complets que sur le papier,* et par
» conséquent éteint en eux le sentiment vivant du
» rythme ; la détermination des rimes par une ortho-

» graphe dont le principe est faux et qui ne suit
» même pas fidèlement son principe, efface telle-
» ment chez eux l'instinct naturel auquel répond la
» jouissance de l'homophonie, que, non seulement
» ils se privent de rimes excellentes et neuves que la
» langue leur fournira en masse dès qu'on aura levé la
» plus absurde des prohibitions, mais qu'ils joignent
» sans cesse des mots dont l'un se termine réellement
» par une voyelle et l'autre par une consonne (*Pathmos*
» et *mots, emplis* et *lis*), ce qui constitue une vérita-
» ble assonance, ou même des mots qui n'ont pas la
» même voyelle accentuée (*âme* et *lame, trône* et *cou-*
» *ronne*) ce qui ne fait ni une rime ni une assonance,
» ou enfin des mots qui diffèrent de ces deux maniè-
» res à la fois (*mer* et *écumer*) parce qu'ils s'écrivent de
» même ou parce qu'ils ont jadis rimé ensemble [1]. »

Si en dehors des deux modes de vers : — le vers
syllabique des tragédies de Racine, des fables de La
Fontaine, des poèmes de Hugo, et le vers rythmé à
forme fixe ou à forme libre, — aucun mode nouveau
n'est, pour le moment, possible en français, le chemin
n'en est pas moins ouvert qui conduira, aux modifications prosodiques plus qu'ébauchées, à l'heure
actuelle. Ces modifications donneront au poète digne
de ce nom, l'usage d'instruments aptes à rendre sa
pensée avec une force et une délicatesse nouvelles.
Ainsi le malheureux ne sera plus condamné à écrire
des vers déjà faits par d'autres, ni à s'épuiser en vains
efforts pour recommencer indéfiniment — sinon pour

1. Gaston Paris, Préface du *Vers ancien et moderne,* de Tobler.

reprendre — les œuvres de ses prédécesseurs. Notre-Dame la Muse ne saurait admettre l'axiome : *bis repetita placent !*

Au surplus, qu'il compose des poèmes en vers libres ou des pièces en alexandrins modifiés comme je viens de l'indiquer, le poète fera bien de méditer cette sage considération émise par Joachim du Bellay dans la *Deffense et Illustration de la Langue Françoise*, et réduisant à néant l'adage ridicule : *fiunt oratores nascuntur poetæ :*

« Ne m'allègue point que les poètes naissent ; ce
» seroit chose trop facile que d'atteindre ainsi à l'im-
» mortalité. Qui veut voler par ies mains et les bou-
» ches des hommes doit demeurer longuement en sa
» chambre et qui désire vivre en la mémoire de la
» postérité doit, comme mort en soi-même, suer et
» trembler mainte fois, et autant que nos poètes cour-
» tisans boivent, mangent et dorment à leur aise,
» endurer de faim, de soif et de longues vigiles. »

Qu'il se souvienne aussi de Pierre de Ronsard. Ronsard avait mieux que personne pratiqué ce judicieux avis, inscrit au programme de la Pléiade. C'est pourquoi il exhorta son élève Jean Bertaut à se défier de la célébrité et à mettre sa gloire dans la richesse des vers. Bertaut resta reconnaissant au maître et, à la mort du grand poète, consacra une élégie qui se termine par cet éloge magnifique : Ce fut toi, lui dit-il, ô Ronsard :

        « belle et généreuse àme,
    » Dont le juste regret tout le cœur nous entame,

» Qui voyant mon destin me vouer aux neuf Sœurs
» Me promis quelque fruit de mes premières fleurs :
» M'excitas de monter après toy sur Parnasse,
» Et m'en donnas l'exemple aussi bien que l'audace,
» Me disant que Clio m'apperceut d'un bon œil
» Lorsque mon premier jour veit les rais du soleil :
» Qu'il me falloit oser : que pour longuement vivre
» Il falloit longuement mourir dessus le livre :
» Et que j'aurois du nom si sans estre estonné
» Je l'allois poursuivant d'un labeur obstiné. »

« Pour longuement vivre
Il falloit longuement mourir dessus le livre ! »...

En vérité si de tels conseils furent formulés par un maître du xvi⁰ siècle, ils gardent au xx⁰ et garderont dans tous les temps leur identique et souveraine importance. Ils ne sauraient vieillir, car ils reposent sur la nécessité du travail, la fidélité à l'art, l'inspiration recueillie et la méditation, mère des grandes œuvres poétiques. Sans elles, il n'est que sottes élucubrations, niaiseries sentimentales, esthétisme importun, piètres exercices de versification mondaine. Le poète réfractaire à ces sages avis se change en rimailleur :

Pour lui Phébus est sourd et Pégase est rétif.

Enfin, m'écrirai-je encore avec du Bellay : « Pour
» conclure ce propos, saiches lecteurs, que celuy sera
» véritablement le poète que je cherche en nostre
» langue, qui me fera indigner, apayser, ejouyr, dou-
» loir, aymer, hayr, admirer, étonner, bref qui tiendra
» la bride de mes affections, me tournant çà et là à son
» playsir. Voilà la vraye pierre de touche, où il fault
» que tu épreuves tous poèmes et toutes langues. »

C'est là, certes une haute idée du poète et qui fait oublier avantageusement la ridicule saillie de Malherbe rapportée par Racan : « Voyez-vous, Monsieur,
» si nos vers vivent après nous, toute la gloire que
» nous en pouvons espérer est qu'on dira que nous
» avons été deux excellents arrangeurs de syllabes,
» et que nous avons eu une grande puissance sur
» les paroles, pour les placer si à propos chacune en
» leur rang, et que nous avons été tous deux bien
» fous de passer la meilleure partie de notre âge en
» un exercice si peu utile au public et à nous, au lieu
» de l'employer à nous donner du bon temps, ou à
» penser à l'établissement de notre fortune [1]. »

Le fondateur du vers classique ne pouvait, ce me semble, offenser plus gravement la poésie. Et je plaindrais les poètes restant, de nos jours, insensibles à un tel affront, car, selon l'expression de Ronsard, ils n'auraient pas les Muses en révérence « ni
» ne les tiendraient pour chères et sacrées, comme
» les filles de Jupiter ».

1. « Malherbe se mit à la poésie comme un artisan prend un
» métier dans lequel il espère réussir... singulier maître, quand on
» y réfléchit, pour la poésie française, que cet homme prosaïque,
» un des plus positifs que l'histoire des littératures ait connus,
» cœur sans amour (il battait sa maîtresse), esprit sans rêve, épris
» de la seule matière, aussi bon tabellion que poète, jugeant les
» vers d'après ce qu'ils rapportent, qui chante pour dix écus et
» que dix mille livres de rente eussent peut-être fait taire à ja-
» mais, lyrique qui raie de la langue le mot *idéal*, terme d'école
» qui ne correspond à rien dont on ait que faire en ce monde. »
Brunot, *La Doctrine de Malherbe*.

BIBLIOGRAPHIE

Malherbe et la Poésie française à la fin du XVIᵉ siècle, G. Allais (Thorin).

Petit Traité de Versification française, T. de Banville (Charpentier).

Le Rythme dans la Poésie française, P. de Barneville (Perrin).

Un réformateur de la poésie française au début du XVIIᵉ siècle, Léon Bassot (Ollendoff).

Deffense et Illustration de la Langue françoise, Joachim du Bellay.

Traité de Versification, Becq de Fouquières (Charpentier).

Lettre au Secrétaire perpétuel de l'Académie française, A. Boschot.

Le sentiment du Beau, Braunschvig.

Malherbe, duc de Broglie (Hachette).

Histoire de la Littérature française classique, Brunetière. (2 vol. Delagrave).

La réforme de Malherbe et l'évolution des genres, Brunetière (R. des Deux-Mondes, 1ᵉʳ décembre 1892).

La doctrine de Malherbe d'après son Commentaire sur Desportes, Brunot (Masson).

Essai sur la Vie et les œuvres de Ronsard, G. Chalandon (Pedone-Lauriel).

Bonaventure des Périers, A. Chenevière (Plon).

Commentaire d'André Chénier sur Malherbe.

Les Rapports de la Musique et de la Poésie, J. Combarieu (Alcan).

Stances libres dans Molière, Ch. Comte.

L'Art des Vers, A. Dorchain (Annales politiques et littéraires).

Du Rythme dans la Versification française, D'Eichtal.

Nouveau Traité de Versification française, Ch. Le Goffic-
E. Thieulin (Masson).

· *Le Vers français, ses moyens d'expression, son harmonie,*
· Maurice Grammont (Picard).

Les Vers français et leur Prosodie, F. de Grammont.

Jean Bertaut, G. Grente (Lecoffre).

Le Vers français, et les Prosodies modernes, G. Guilliaumin (Fontemoing).

L'Esthétique du Vers moderne, Guyau (Germer-Baillière).

L'Art au point de vue sociologique, Guyau   *(id.)*

OEuvres de Malherbe, L. Lalanne (Hachette).

Dictionnaire historique, Prosper Marchand.

*Versification française (préface du Dictionnaire métho-
dique des Rimes françaises),* Martinon (Larousse).

La Vie et les œuvres de du Bartas, G. Pellissier (Hachette).

Histoire de la langue et de la Littérature française, Petit
de Julleville (8 vol. Colin).

Traité de Versification française, Quicherat.

Abrégé de l'Art poétique, Ronsard.

Tableau de la poésie française au XVIᵉ siècle, Sainte-
Beuve (Charpentier).

Malherbe et son École, Sainte-Beuve, Causeries du Lundi
(T. VIII).

Harmonie et Mélodie, Saint-Saëns (Calmann-Lévy).

· *Modestes observations sur l'art de versifier,* Clair Tisseur
(Cumin).

Le Vers français ancien et moderne, Tobler (Vieweg).

*La prononciation française depuis le commencement du
XVIᵉ siècle,* Ch. Thurot.

Mathurin Régnier, J. Vianey (Hachette).

TABLE DES MATIÈRES

CHAPITRE DEUXIÈME

CHAPITRE TROISIÈME

TROISIÈME PARTIE

QUATRIÈME ·PARTIE

Châteauroux. — Imprimerie A. MELLOTTÉE.

www.ingramcontent.com/pod-product-compliance
Lightning Source LLC
Chambersburg PA
CBHW051135260626
47170CB00005B/1822